Princesa Poetisa - 8 historias eróticas

FSC
www.fsc.org
MIXTO
Papel procedente de fuentes responsables
Paper from responsible sources
FSC® C105338

Chrystelle LeRoy

Princesa Poetisa - 8 historias eróticas

LUST

Princesa Poetisa - 8 historias eróticas
Original title:
Princesa Poetisa - 8 erotic stories
Translated by Marta Cisa Muñoz, Eva García Salcedo, Cymbeline Núñez, Adrián Vico
Copyright © 2019 Chrystelle LeRoy, 2022 LUST
All rights reserved
ISBN 9788728246122

1. POD edition

Princesa Poetisa

Sentada en el banco de piedra, Inaya observaba la metamorfosis del jardín en la hora dorada, cuando la despedida del día prende fuego a las llamativas tonalidades de las plantas, abandonadas a las caricias de la luz.

El atardecer en el jardín era uno de sus momentos favoritos. El olor del azahar, los mandarinos, el jazmín y las rosas perfumaban el aire. El fluir del agua en la fuente evocaba una canción que a la princesa le encantaba.

Había venido en busca de tranquilidad y tenía una carta de Merwan, el poeta, encima de la piedra junto a ella. De todas las artes y ciencias de los territorios afectados por las conquistas del Islam, la poesía era considerada la más noble. La correspondencia entre Inaya y Merwan, su amante literario, era famosa en todo el Califato. El estatus social de Inaya le había permitido hacer público su talento y obtener reconocimiento en un campo exclusivamente masculino en el que las justas poéticas eran frecuentes y la competencia feroz.

Inaya miró distraída las mangas de su vestido, donde había bordado versos de poemas. El lino, muy fino, era casi transparente. Se preguntaba cómo continuar el juego poético con Merwan. También tenía una preocupación más prosaica: una nueva protesta de los clérigos locales, uno de los cuales esperaba en la sala de juicios.

Cuando murió su padre, el Califa, Inaya heredó sus propiedades y posesiones. Había construido un palacio donde la poesía, que incluía las matemáticas y la filosofía, se enseñaba a mujeres deseosas de aprender. No importaba si eran nobles, artesanas o esclavas. Las gentes de Córdoba alababan su bondad y generosidad, pero los clérigos consideraban su conducta escandalosa, ya que la princesa iba sin velo y, siguiendo la moda de los harenes de Bagdad, sus túnicas eran transparentes. Según decían algunos, las autoridades religiosas la habían condenado a ser decapitada, pero a Inaya la protegían amigos poderosos. La princesa no tenía ninguna intención de sacrificar ninguna parte de su independencia para darle gusto a nadie y, conocedora de los riesgos, los asumía sin demasiada emoción. Había planeado una velada literaria para hoy en la cual los nobles y poetas más destacados estarían presentes, al igual que varias de sus alumnas. Estos invitados irritaban a la masa religiosa.

Un ruido de voces inquietas sonaba tras ella. Inaya suspiró y se puso en pie. La princesa era alta y esbelta, con una cintura estrecha y piernas largas. Se podían discernir pechos firmes bajo el lino. Al contrario que sus conciudadanos, Inaya era pálida, su cabello casi rubio y sus ojo verdes.

Con su vitalidad habitual, se encaminó hacia la habitación que daba al jardín. El suelo estaba decorado con bellos mosaicos de flores y pájaros exóticos que representaban el jardín. Hibisco y palmeras se alineaban por las paredes blancas haciéndole compañía a retratos de poetas famosos. Pero Inaya no se fijó en la decoración. En vez de eso, se fijó en el líder religioso que la esperaba. Una joven le hablaba seriamente a su camarero y a un guardián. La llegada de Inaya interrumpió el debate. Todos se inclinaron ante ella. Con una mirada, la princesa interrogó a su camarero, quien a su vez contestó a la pregunta sin palabras.

—Esta joven ha insistido en presentarle un poema, su alteza. El palacio de su alteza no es la escuela de poesía.

—¡Su alteza! —dijo la chica rápidamente por temor a ser interrumpida— Quisiera ser invitada a la velada de recitación y quería demostrar mi valía para poder ser admitida.

Inaya no pudo evitar una sonrisa.

—Eso es mucho atrevimiento, jovencita. ¿Cómo te llamas?

La chica alzó la mirada. Inaya sintió una leve conmoción al verla tan deslumbrantemente bella. Tenía el cabello largo y negro, que enmarcaba un rostro oval perfecto, donde el brillo marrón de sus ojos almendrados acompañaba a una nariz recta y delicada y una boca con labios finos y expresión sensual.

—Tasnim, su alteza.

La voz era clara, armónica y agradó a la princesa.

—Bien, Tasnim, veamos qué me traes.

Inaya tendió una mano. Tasnim colocó respetuosamente el pequeño rollo de papel que había traído en las manos de Inaya. De las muchas formas que puede adoptar la poesía árabe, Tasnim había elegido una de las más difíciles, en la cual la alternancia de sonidos, sílabas y versos requería gimnasia compleja que pocos podían dominar de forma elocuente. La elección sorprendió a Inaya, que al principio creyó que la joven insensata era arrogante y desconocedora del reto ante ella. Pero sus sentimientos cambiaron mientras leía. La poesía era delicada, la construcción ordenada, elegante, rimas ricas. Tal habilidad mostraba una temprana madurez para una persona en la veintena. Inaya se dio cuenta de repente de que todo el mundo se había quedado de rodillas delante de ella y con un gesto les hizo ponerse en pie.

Tasnim era casi tan alta como ella. Bella como una rosa y con mucho talento, pensó Inaya. En una velada de recitación, los invitados normalmente eran escogidos a dedo, pero la hija del Califa era famosa por introducir poetas prometedores y Tasnim serviría para eso, pensó. Incluso sería la joya de la noche, concluyó la princesa. Miró a la chica, tan fresca, tan entusiasta, y tan bella y dijo:

—Muy bien, leerás este poema esta noche. ¿Me imagino que no tendrás problema recitando ante los invitados?

Con tanta osadía y talento, Inaya no tenía dudas acerca de la habilidad de la joven poetisa para recitar ante el público. Supuso que el desafío, imponente para cualquier artista novel, sería un estímulo para Tasnim.

—No, su alteza, seré merecedora de su confianza —replicó la joven con un entusiasmo que hizo que la princesa sonriese de nuevo.

La contribución de mujeres al entorno cultural del Califato de Córdoba beneficiaría a alguien como Tasnim, pensó Inaya. Esta mezcla de entusiasmo y talento podía ser contagiosa. Sin embargo, podía conllevar errores peligrosos, pero Inaya pensó que podía guiar a Tasnim y aconsejarla.

Un guardián entró en la habitación y, sin decir una palabra, Inaya comprendió que la reunión desagradable para la cual Tasnim había sido una feliz interrupción debía ser abordada. Hizo un gesto de asentimiento hacia el guardián y despidió a la joven, recordándole la hora y la puerta del palacio de poesía adonde tendría que acudir.

Con una demostración inesperada de gratitud, la joven tomó la mano de la princesa entre las suyas y la besó. Inaya se sintió turbada. Pero las preocupaciones más inmediatas del momento tomaron el relevo. Su séquito estaba tan acostumbrado a los visitantes al palacio y las reacciones de Inaya, que sin mediar palabra, podía hacerse entender por cada uno de ellos con una mirada o un gesto. En este momento el camarero ni siquiera había esperado una señal antes de desaparecer por una puerta pequeña. Inaya se acercó al guardián que había venido a avisarla, Amir, uno de sus favoritos y totalmente leal. Él la guió a la sala de vistas, ricamente decorada con mármol y paredes de cerámica blancas y turquesas con diseños geométricos complejos. Un hombre de estatura media, vestido con una capa negra de la cabeza a los pies, se paseaba por la habitación. Su barba desaliñada le hacía parecerse a un cuervo, pensó Inaya cuando le vió. El hombre era un visitante habitual del palacio. En otras palabras, su presencia irritante era tolerada por las virtudes necesarias de la diplomacia. Inaya le saludó amablemente. El saludo le fue devuelto con la misma amabilidad. No se puede tratar a la hija del Califa de la misma manera que un comerciante en el mercado. El líder religioso sabía esto y le frustraba aún más. Intentó evitar mirar a la princesa como si temiese ser vencido por una tentación.

—Su alteza va a ofrecer una velada de recitación en el palacio dedicado a la poesía —dijo el líder religioso, yendo directamente al grano.

—Por supuesto, ¿qué tiene que ver con el clero? —replicó Inaya calmadamente.

—¡Habrá mujeres presentes! —gritó el hombre con el tono de alguien anunciando el apocalipsis.

—Siempre hay mujeres presentes —dijo Inaya sobriamente, destacando un hecho indiscutible.

El clero venía a quejarse de forma ritual siempre que la escuela de poesía, dirigida para mujeres, celebraba veladas en las cuales los alumnos recitaban versos como si esto fuese algo nuevo que hubiese aparecido de repente en el paisaje de Córdoba.

—No se puede educar a las mujeres y que reciten versos —replicó el hombre—. Esto va en contra de su condición.

Inaya permaneció impasible y contestó:

—Según el Profeta, las mujeres deben ser instruidas.

El líder religioso se enfureció:

—Cuando son educadas, son más vulnerables a la tentación.

—La cultura no tiene nada que ver con la tentación —replicó Inaya con una pequeña sonrisa—. Muchos hombres cultos ceden al pecado. Una mujer culta es más consciente del valor de las enseñanzas religiosas y aporta más a su comunidad —añadió Inaya, reprimiéndose para no hacer un comentario sarcástico—. La educación de las mujeres está permitida y es incluso deseada —concluyó.

La entrevista terminó llegando a su habitual desenlace amable. El clérigo había venido a protestar. La princesa le había escuchado y formulado una respuesta. Desafiarla abiertamente era impensable.

Justo en ese momento entró el intendente con media docena de guardianes.

—La escolta de su eminencia ha llegado —anunció.

Una manera amable para indicarle al clérigo que debía abandonar las dependencias. Despidiéndose brevemente de la princesa, el hombre siguió a los guardianes. Inaya le sonrió a su camarero. Sabía hacer su trabajo y actuó rápida y discretamente. Ella suspiró. Con un poco de suerte conseguiría un poco de paz durante un rato.

Todas estas aventuras la habían retrasado. No sólo tenía que prepararse, sino ofrecer a sus invitados, como era su intención, la respuesta a Merwan. Al tratarse de correspondencia poética, larga y compleja, nadie esperaba que ella recitase un poema completo, sino que ofreciera los primeros versos y el tono de su respuesta. Se fue a su biblioteca, que tenía una pared rebosante de manuscritos y pergaminos. Poemas dirigidos a ella de todo el mundo, incluso reinos cristianos, porque Inaya leía en griego y latín perfectamente.

Durante más de una hora, trabajó en esos versos que había pensado más temprano en el jardín. Cuando consideró que estaba satisfecha, informó a sus criadas de que iba a prepararse para la velada. Un baño aromático con agua caliente la esperaba. Inaya se sintió estimulada por su respuesta a Merwan y, como siempre, nerviosa por ser anfitriona y maestra de ceremonias otra noche más. También se preguntaba qué tal le iría a Tasnim. Sus criadas le retiraron la túnica. Sus pechos eran densos y firmes. Sus pezones estaban erectos de excitación ante el pensamiento de las delicias que le deparaban el rato de baño. Inaya descendió los peldaños y se acomodó. Una criada vertió agua de azahar en sus cabellos y otra criada empezó a darle un masaje en el cuello y en el rostro. La princesa suspiró. Una de las mujeres se dedicó a lavarla. Con movimientos delicados, usó una esponja para frotar el cuerpo de Inaya. La princesa suspiró de nuevo y se acostó, cerrando los ojos. La criada estaba desnuda y tenía un cuerpo esbelto y flexible. Tomó una de las piernas de Inaya, descansando el pie de la princesa en su hombro. Suavemente, deslizó su esponja por la pierna y luego por su muslo, donde se detuvo un poco. Sus dedos delgados bajaron hacia el pubis y hacia los labios de la princesa, los que empezó a acariciar. A pesar del agua, la sensación de las caricias era agradable y aumentó el deseo de Inaya. La hábil criada rodeó el clítoris con las puntas de los dedos y la princesa gimió de placer. La mujer siguió haciendo círculos y cuando sintió que Inaya estaba a punto de correrse, pegó sus labios al clítoris y, rodeándolo con la lengua, presionó hasta que Inaya se corrió con un grito. Después, la otra criada le entregó un vaso de vino perfumado con miel, que Inaya saboreó con satisfacción. Salió del baño y las criadas rápidamente la rodearon con toallas gruesas y la secaron. Mientras Inaya permanecía desnuda, empezaron a untar su cuerpo con aceites olorosos, deteniéndose en sus pechos y en sus pezones. La princesa volvió a sentirse excitada.

Amir entró. Alto y musculado, el guardián estaba desnudo excepto por un taparrabos que se quitó inmediatamente. Su pene inflamado estaba erecto, era enorme. Las criadas acostaron a Inaya en una cama previamente preparada con colchones y cojines de seda. Amir se acercó a ella. Una de las criadas recubrió su pene con el mismo aceite oloroso, deslizando el falo con sus manos húmedas. Amir se arrodilló cerca de la cama de Inaya. Se quedó por encima de ella. Inaya tenía los ojos brillantes de excitación. Amir se hundió en ella sin brutalidad pero con firmeza. Inaya gritó de placer. El falo que entraba y salía de ella la estimuló y la llenó de éxtasis. Se corrió rápidamente. Permaneció lánguida con los ojos cerrados unos momentos. Amir se retiró de ella y salió de la habitación silenciosamente. Luego Inaya se incorporó y las criadas la vistieron con una túnica de seda. Ataron un círculo de plata a su cabeza decorado con perlas y esmeraldas. En sus brazos colocaron pulseras de cobre, oro y plata, todas magníficamente trabajadas. Inaya estaba lista. Las criadas la acompañaron por un pasillo a una salida discreta donde su escolta la esperaba junto a un palanquín. Ella se subió. En los cojines de seda había una pequeña caja de marfil tallado en cuyo interior estaban los versos que ella había trabajado anteriormente. La puerta se abrió a una calle corta que rodeaba la gran plaza. El palacio construido por Inaya para la poesía distaba solo tres o cuatro minutos. Normalmente Inaya efectuaba el recorrido a pie con un solo guardián, pero la magia de la velada requería una escenografía concreta, de la cual el palanquín formaba parte. Meciéndose suavemente y bajo la luz de una pequeña lámpara de aceite fijada a la pared, Inaya volvió a leer los versos que eran el comienzo de su respuesta a Merwan. Ya se los sabía de memoria y siempre recitaba de memoria, pero por familiaridad, y también para ocupar su mente antes de entrar, volvió a leer el texto. El palanquín llegó a la entrada del palacio de poesía. Una pequeña muchedumbre se congregó al lado de la entrada y disfrutaba del espectáculo que era ver al grupo de nobles y poetas que llegaban uno por uno. Inaya era de las últimas en llegar. Sonaron gritos y aplausos cuando ella apareció con la ayuda de un guardián. Había antorchas encendidas ante la entrada al palacio, que estaba rodeado por guardianes que vestían sus uniformes de gala. La puerta estaba hecha de bronce, un homenaje a la antigüedad griega y romana. Dentro de la gran sala aguardaban docenas de invitados: cortesanos, nobles y, entre ellos, poetas. La mayoría de los invitados provenía de las grandes familias de Córdoba, pero como Inaya concedía favor al talento más que a la condición social, muchos de los invitados, especialmente las mujeres, provenían de familias de mercaderes u obreros. Los invitados masculinos estaban acostumbrados a la minoritaria, aunque destacada, presencia de mujeres y se comportaban, si no con gracia, al menos con amabilidad. Cuando llegó la reina de la noche, todos se inclinaron y luego aplaudieron cálidamente mientras Inaya pasaba por sus filas, saludando a unos y sonriendo a otros, ofreciendo una frase amable o suavemente reconociendo a otros por sus nombres. Una mujer se inclinó ante ella grácilmente a su paso. Inaya se preguntó quién podía ser y luego, con un leve respingo, se dio cuenta de que era Tasnim. Transformada con un hábil maquillaje de ojos y labios, con su cabello negro cubierto con *henna* y rodeado por una cinta bordada de seda, llevaba un magnífico vestido de lino teñido de color verde que enmascaraba sus formas delgadas pero completas, mostrando sus nalgas redondas y sus pechos pequeños y firmes. El corazón de Inaya empezó a latir más deprisa ante su protegida. Percatandose de las miradas que descansaban en Tasnim, muchos corazones, tanto de mujeres como de hombres, se sintieron conmovidos ante la belleza de la joven poetisa. La princesa no se sintió celosa. Al contrario, estaba satisfecha de que su decisión de comenzar la velada con Tasmin hubiera desatado tanto éxito ya. Esa noche muchas plumas se iban a desgastar en el papel y muchas mentes se iban a esforzar en encontrar las palabras exactas para describirla. Desde luego, ¿cómo se podía describir de manera precisa la radiante belleza de Tasnim? Esta belleza tocaba el corazón de Inaya y se dio cuenta de que deseaba a Tasnim.

La sala elegante tenía proporciones armónicas. De las paredes a los techos, refinados motivos geométricos hechos de cerámica turquesa y blanca deleitaban la vista. Dos fuentes surgían del suelo donde los mosaicos rendían tributo a Safo, la poetisa griega de la antigüedad, y al mito de Orfeo. Traídos especialmente para la ocasión, pavos reales se paseaban lentamente en el espacio iluminado por múltiples antorchas y braseros. Alrededor había camas de estilo romano. En medio, entre las fuentes, se ubicaba el círculo de los poetas, donde se ofrecían recitales, pero donde también había bailes e interludios musicales. En una punta estaba la Plaza Inaya, desde todo el mundo podía verlo. Discretamente, Inaya movió la mano hacia uno de sus criados, que se aproximó a ella. Le pidió en voz baja que se asegurara de colocar a Tasnim cerca de ella y luego se dirigió hacia el diván que la esperaba. Ante esta indicación, todo el mundo se dirigió a sus lugares favoritos. Inaya prestaba poca atención a la jerarquía para la asignación de lugares. La sala se había construido deliberadamente como un óvalo, casi un círculo, de manera que todos los asientos eran iguales en el lado del público.

La velada comenzó con bailes y piezas musicales. Luego hubo cánticos épicos. Los criados trajeron vino, del cual había muchos amantes. Después empezaron los recitales, cálidamente aplaudidos y a menudo comentados. Inaya arbitraba las discusiones con buen humor y, si era necesario, las terminaba y sugería a un hombre obstinado a que plasmase su punto de vista en el papel para someterlo a escrutinio en la siguiente velada, estimulando así el interés de participantes que no iban a dejar de comentarlo hasta la siguiente velada. De esta manera, en todo el Califato, la noche de recitaciones se extendería más allá de los movimientos de los anfitriones, alimentando también discusiones fuera del círculo. Tasnim observó todo esto con ojos brillantes de excitación. Inaya la espiaba. La joven parecía estar iluminada desde dentro. La princesa se dio cuenta de que no era solo espíritu. Era una pasión auténtica y pura. Inaya se sintió conmovida por ello.

Finalmente, uno de los nobles más prominentes de entre los poetas presentes, el joven Fahim, se colocó en el centro. La última vez había prometido una declamación especial y su recitación era esperada con avidez. Fahim había ido a las mejores escuelas y había estudiado medicina, astronomía, matemáticas, geometría y filosofía con los más grandes maestros. La forma poética que había elegido era compleja y la manejaba con conocimiento y elegancia. Sin embargo, a pesar de la proeza, se le aplaudió con contención y todas las miradas se volvieron hacia Inaya. La recitación de Fahim afirmaba que, excepto Inaya, ninguna mujer podría competir con un hombre en formas complejas de poesía. El ataque era sutil pero no menos real y peligroso. Cuestionaba la credibilidad del trabajo educativo realizado por la princesa. Inaya sabía que el tío favorito de Fahim era cercano a la jerarquía superior del clero local.

Inaya miró a la asamblea sin decir ni una palabra, aparentemente impasible. Miró brevemente a Tasnim. La joven la miró con una mirada implosiva. Estaba deseando contestar a Fahim. Inaya sintió un momento de angustia. Joven temeraria, pensó. Podría quemar sus alas para siempre.

Decidió enterarse por sí misma. Anunció un descanso a la asamblea en la cual un músico iba a presentar una nueva pieza y ella se tomaría unos minutos para refrescarse. Nadie en la sala se sintió engañado, claro, pero a Inaya eso no le importó. Su ausencia acrecentaría el suspense. Una vez dentro de la pequeña habitación aparte, pidió a uno de sus guardianes que le llevase a Tasnim con la máxima discreción posible.

Unos momentos más tarde, Tasnim, temblando de emoción, estaba ante ella.

Impulsivamente, Inaya tomó las manos de la chica, algo que no acostumbraba a hacer.

—Tasnim —empezó a decir.

Pero Tasnim la devoraba con los ojos. Sin decir una palabra, acercó sus labios al rostro de la princesa e Inaya, subyugada, la dejó hacer. Sus labios se unieron y sus manos ya estaban juntas antes de que Inaya abrazase a la chica. Su beso se hizo más y más febril hasta que retomó la compostura y la princesa logró separarse de ella. Tasnim la alteraba. Sus sentidos se volvían febriles cuando entraba en contacto con ella. Pero tenía que saberlo. Puso las manos en los hombros de la joven mujer y la miró a los ojos.

— ¿Tasnim, puedes contestar a ese hombre insolente?

—Puedo —replicó Tasnim, devolviéndole la mirada de la princesa.

—No se trata solo de leer tu poema. La manera en que se recita es igual de importante…

Tasnim sonrió. Una sonrisa de adoración para Inaya, entusiasmo y determinación.

—Puedo —repitió sencillamente. Su sonrisa brillante decía el resto.

Inaya tomó el rostro de Tasnim entre sus manos y, en esos labios que ya amaba, depositó el beso más suave. Luego susurró tiernamente:

—Ve.

El guardián guio a Tasnim de vuelta a su sitio mientras que Inaya, intentando disipar la fuerte emoción causada por Tasnim, pensó durante unos instantes.

La pieza musical tocaba a su fin. La princesa volvió a su sitio en silencio total. Tranquilizada tras su encuentro con Tasnim, mostró un aire calmado ante el público.

Finalmente se detuvo a mirar a Fahim. La sala entera estaba pendiente de sus palabras:

—Fahim, he escuchado tu poema. Te alabo en la forma. ¿Qué harías si estuvieras equivocado esta noche?

Esta vez era Fahim el que era desafiado delante de todos. Acusó el golpe. Luego, con orgullo, contestó con garbo:

—Si yo me hubiera equivocado esta noche, entregaría sin titubeos a esta mujer un poema que tengo y que está escrito por Al Murabi.

Un grito de asombro recorrió la sala. Si Fahim hubiera dicho que quería erigir una estatua gigante del mejor bronce en la plaza más grande de la ciudad, habría tenido menos efecto. Al

Murabi era considerado uno de los grandes poetas árabes y los textos escritos por él eran tesoros valiosos.

Fahim había aceptado el reto y ahora había una tensión perceptible en la habitación. Inaya se volvió hacia Tasnim. La joven mujer la seguía mirando, absolutamente radiante, rogando la ayuda de Inaya. «Te echo a los leones, Tasnim, y tendré que disculparme ante ti una y otra vez por hacerlo», pensó. No sabía apenas nada acerca de la joven mujer, pero le guiaba una especie de intuición.

Se volvió de nuevo hacia Fahim:

—¿Aceptas tú, Fahim, que esta asamblea decida si te equivocas o no?

Fahim se inclinó, dando a entender su consentimiento. Un temblor de emoción recorrió toda la sala.

Con una leve inclinación de cabeza, Inaya le hizo saber a Tasnim que era su turno.

La sala entera siguió a la joven con los ojos mientras ella se encaminó hacia el círculo de poetas. Era desconocida para todos, excepto, por lo visto, la Princesa Inaya. ¿Quién era? Tasnim sacó de la manga el pequeño rollo de papel que había presentado esa misma tarde a Inaya. El público estaba hipnotizado. Con su voz clara, empezó a leer. Sin miedo, siguió transportando los versos y sus ritmo de una manera casi musical. Todo el mundo escuchó con una atención casi intensa mientras la poesía fluía por el aire en la sala.

Cuando Tasnim terminó, la habitación rompió en aplausos y comenzó a aclamarla, escenificando la derrota de Fahim y el nacimiento de una nueva estrella en Córdoba. El aplauso duró un largo rato. Tasnim se inclinó varias veces, pero era obvio que no sabía qué hacer cuando ante el fervor del público. Inaya vino a su rescate poniéndose en pie. Hubo un silencio. Fahim estaba sentado, lívido. Inaya habló:

—La asamblea ha decidido. Tasnim compuso estos versos que han revelado el error de Fahim y una voz más fuerte y nueva se ha añadido a las de las poetisas de Córdoba.

Inaya alzó su copa:

—Gloria a la poesía. Gloria a Córdoba.

Todos participaron en el homenaje, que hábilmente combinaba la poesía y el califato.

Volvió la calma, la velada continuó, pero Inaya sabía que todas las mentes estaban ocupadas por los eventos extraordinarios de la noche y por Tasnim, que había vuelto a su sitio. Era el objeto de atención y fue devorada por nuevos y numerosos admiradores. Pero Tasnim, por su parte, parecía sólo tener ojos para Inaya. Aturdida por su victoria, miró a la princesa, desbordada de admiración y gratitud.

Inaya se había acercado al desastre, pero Tasnim había sido capaz de enfrentarse al peligro de manera brillante y, si una de las dos mujeres estaba en deuda con la otra, la princesa sabía que era ella. Terminó la velada creyendo que había sido lo suficientemente rica y que su respuesta a Merwan el poeta, se podría aplazar a la siguiente velada. Este anuncio ayudaría a alimentar las conversaciones entre ahora y entonces.

Mientras que las personas permanecían en la sala comentando el curso inesperado que había tomado la velada, Inaya le hizo una señal discreta a Tasnim para que se reuniese con ella. La princesa la tomó por la mano y la guio por un pasillo a su palanquín que esperaba en la puerta trasera. Con ambas mujeres dentro y el palanquín en movimiento, Tasnim tomó la mano de Inaya y la besó nuevamente en señal de devoción. Inaya, conmovida, tomó el rostro de la chica y besó suavemente sus labios. Tasnim reaccionó con entusiasmo. Con ambos brazos en torno al cuello de la princesa, contestó con un beso apasionado. Cuando el palanquín se detuvo ante la entrada discreta del palacio, Inaya condujo a Tasnim rápidamente a sus aposentos. Una vez solas y ya sin poder reprimir su deseo, se llevó la mano de Tasnim a su boca y sensualmente le lamió los dedos. Tasnim tiritaba. Inaya besó la cara de la joven. Deslizó las manos por el cuerpo de su amante, sus palmas se adaptaban a la forma de sus pechos, vientre y nalgas, preciosamente redondeadas. Lentamente alzó la túnica de la chica, deslizó sus manos por sus muslos y luego abrió su vulva, empezando a acariciar los labios antes de llegar al clítoris y rozarlo repetidamente con la punta de sus dedos. Tasnim gimió y tembló. Inaya la acercó a su cama y se tumbó al lado de la joven. Se sentía consumida por la excitación. Se quitó la túnica y luego contempló el cuerpo perfecto de Tasnim con admiración. Empezó a explorar su vientre plano con la boca mientras subía hasta su pecho, donde mordisqueó uno de los pezones erectos. Con un movimiento de lengua en torno al pezón, hizo que Tasmin temblase de placer. Inaya fue a por un contenedor de plata con una mezcla de aceite de almendras y miel y empezó a cubrir los pechos de Tasnim, luego su estómago, la cara interna de los muslos y finalmente su vagina. Después empezó a lamer la mezcla ávidamente pero con delicadeza en la piel lisa de Tasnim, que tiritaba. Pasó los labios y la lengua por la cara interna de los muslos, pasando por su vulva y finalmente por su clítoris. Tasnim gritó e Inaya estaba muy excitada. Tomó un pequeño pene de marfil y lo untó con aceite y miel antes de suavemente introducirlo en el ano de la joven y moverlo hacia dentro y hacia fuera mientras continuaba lamiéndola. Invadida por un placer intenso, Tasmin se vió desbordada por un violento orgasmo que resonó en ella durante largo rato.

Después de un descanso, Tasnim acarició suavemente las piernas de Inaya y luego se volvió para besar sus pies. Tomó un dedo en la boca y empezó a chuparlo, haciendo que la princesa suspirase, y prosiguió con cada dedo del pie. Inaya acercó su cabeza al vientre de Tasnim y siguió el contorno de su vulva antes de explorar los labios y el clítoris de la joven de nuevo con la lengua. La joven siguió su ejemplo. Las dos mujeres, desbordadas por el placer y excitadas por el deseo de la otra, explotaron en un orgasmo simultáneo que les dejó el corazón palpitando.

Inaya abrazó tiernamente a Tasnim. Cubrió su cara con besos antes de tomar ambas manos entre las suyas.

—Tasnim, te necesito aquí. Hay tantas cosas que hacer en la escuela de poesía y tú podrías ayudarme.

Para Inaya, los ojos de la joven mujer parecían iluminar la habitación, brillando de pasión y entusiasmo.

—Será un placer para mí —susurró.

El cabaret de los placeres

Estoy radiante: soy la reina del momento en el escenario y el público a mis pies aplaude, embriagado por mi voz y, probablemente, el alcohol. Esta noche, el bar está lleno y el entusiasmo está en su punto álgido. Mi grupo de música lleva el ritmo a la perfección y yo siento que canto especialmente bien. Me he puesto un vestido bastante ceñido y escotado a propósito y, gracias a él, tengo la impresión de haber hipnotizado a los asistentes. Oigo cómo entonan «¡Celia, Celia!» con distintos acentos. Entre el público, hay muchos estadounidenses que huyeron de la prohibición del alcohol de los estados del Sur.

Podríamos decir que hemos triunfado en el escenario en esta sesión. Nuestra próxima interpretación es dentro de una hora, lo que nos da tiempo de fumarnos unos cigarrillos y tomar una o dos copas.

Varios clubes en la ciudad me invitan a cantar por turnos los jueves, viernes y sábados por la noche. Celia Royal. Este nombre algo *kitsch* queda bonito en los carteles y empieza a ser conocido por la ciudad. Mi repertorio va del *ragtime* al jazz, pasando por varias melodías de moda. Yo me divierto, me pagan bien y a mis músicos y a mí nos ayuda a ganar un dinero extra para fin de mes. De día todos tenemos un empleo mucho menos glamuroso: algunos son lecheros, otros carteros, electricistas... Y yo trabajo en una fábrica de tabaco manufacturando paquetes de cigarrillos.

Mi banda y yo nos sentamos en una mesa que nos reservan cerca de la barra. A pesar del entusiasmo general, los educados clientes nos suelen dejar respirar, con énfasis en «suelen». Siempre hay algún que otro espectador más atrevido que quiere hacerme una «propuesta»; suelen ser supuestos productores que quieren convertirme en una estrella. Soy de estatura media y esbelta, pero tengo unas caderas bien desarrolladas y lleno el vestido. En resumen: que los atraigo como la miel atrae a las moscas. Me basta con hablar de ello para que haya uno que se me acerque.

—¿Señorita Loiselle?

Loiselle es mi verdadero apellido. Comprenderéis por qué «Royal» se vende mejor. Quien me lo pregunta es un hombre de treinta y pocos que no está nada mal. Viéndolo más de cerca, incluso diría que está mejor que nada mal. Tiene el cabello castaño y un rostro que podría ser del montón si no fuese por sus grandes ojos verdes, con unas pestañas largas casi femeninas que le suavizan los rasgos, y una nariz recta bastante pronunciada que le otorga al mismo tiempo un aspecto firme. Tiene encanto, pero no es para tanto. Dado el modo en que exhalo el humo y sujeto el cigarrillo, él comprende que estoy, digamos, vacilando.

Aun así, empieza a hablar conmigo, lo que es casi meritorio.

—Me llamo Joel Carrier —dice—. Soy el productor de un programa de radio que destaca los talentos locales y justamente buscamos a voces de aquí que podamos grabar e incluir en un disco.

Antes de que pueda mandarlo a paseo, Pierre, el trompetista, responde de inmediato:

—¿Joel Carrier de CHLM? ¡Ah, conozco su programa! ¡Mi mujer y yo lo escuchamos todas las semanas!

Pertinentemente, Pierre es quien nos informa de lo que pasa en el mundo de la música. Acabo de comprender de dónde proviene al menos una parte de su sabiduría. Tal vez debería comprarme una radio.

Así que el tipo apuesto no se inventa historias en lo que a su identidad se refiere… Es la primera vez que vemos a un productor de verdad o, al menos, de tan cerca. Los de mi banda están algo exaltados, pero yo sigo en guardia. Cuando a ellos se les insinúan las mujeres, se ponen contentos; pero, en cambio, cuando hay tipejos que me insisten, termino con problemas de un modo u otro. Así que, a primera vista, pondero todas las proposiciones, vengan de donde vengan, con una cierta frialdad.

Doy una calada a mi cigarrillo mientras observo al tal Joel en cuestión. Se expresa con sencillez y sin rodeos, y eso me gusta.

—Por desgracia, me he perdido la mayor parte de su actuación en el escenario, señorita Loiselle, pero he oído hablar mucho de usted. Al parecer, tiene una voz magnífica y muy expresiva.

Arqueo una ceja con escepticismo.

—¿Al parecer?

Parece sorprendido ante mi voz grave y ronca. A algunos hombres les parece excitante. Él tiene el buen gusto de darse cuenta de que ha cometido un error y se disculpa:

—Discúlpeme —dice con sinceridad—. Estaré encantado de tener la oportunidad de asistir a su próxima sesión.

Exagera un poco, pero le doy un punto.

Lo miro fijamente a los ojos mientras apago el cigarrillo pisándolo.

—En treinta minutos.

Él me da las gracias, nos saluda a todos y desaparece por la sala.

Lo sigo con la mirada durante un momento. Creo que hay algo en él que me gusta.

—Oye, Celia —empieza Pierre—, ¿crees que vale la pena que lo demos todo?

—Tengo muchas ganas de enseñarle de lo que somos capaces —añade Claude, el pianista—. ¿Qué te parece, Celia?

Yo me enciendo otro cigarrillo antes de hablar.

—De acuerdo, durante la próxima hora vamos a darlo todo. Pero para eso vamos a tener que cambiar el orden de las canciones.

En los minutos que nos quedan, en una servilleta de papel y con el lápiz de mina de grafito que nos presta una camarera, mis cuatro músicos y yo nos centramos en modificar el contenido de nuestro repertorio habitual para poder «darlo todo». Llega el momento de que volvamos a subir al escenario. Es hora de ver cómo arrasamos con la sala.

Acentúo el toque ronco de mi voz mientras interpretamos las canciones de amor, las mejores de nuestro repertorio, una tras otra. El micro, que es más largo que mi mano, se convierte en un rostro amado mientras mis labios acarician cada palabra y me muevo al ritmo de la música. Los chicos tocan mejor que nunca y me dejo llevar, cada vez más poseída por las canciones. El público está electrizado y terminamos el espectáculo con una ovación de pie que dura varios minutos largos. Algunos se suben encima de las sillas mientras gritan. A otros, demasiado exaltados, los tienen que echar los tipos duros que hacen las veces de seguridad del bar.

Me da la impresión de que, con un poco de motivación, mi grupo y yo somos igual de buenos que todos los demás.

Encontramos refugio en un camerino de la parte trasera mientras la muchedumbre se calma.

El patrón me viene a ver con una gran sonrisa que nunca le había visto antes.

—¡Has estado increíble, Celia! Me acabas de llenar el bar para las próximas semanas. Querida, voy a pagaros un 20 % más a tu grupo y a ti y voy a contrataros todos los meses. ¡Este 20 % adicional es estupendo! Estoy exultante. Las camareras vienen a vernos para decirnos que hemos dado un espectáculo sin igual. Al fin y al cabo, creemos que, con o sin Joel, el esfuerzo ha valido la pena. Justamente, el apuesto productor llega ahora a nuestro camerino con aspecto conmocionado.

—Señorita Loiselle, ha estado... Han estado... No logro dar con las palabras adecuadas para describirlo.

—¿Electrizante? —sugiere Pierre, algo socarrón—. ¿Sensacional?

—¡Todo eso e incluso más! —exclama Joel, que parece verdaderamente sincero. Si está mintiendo, es un actor de primera. Aunque, en este momento, prefiero que sea sincero. Él me gusta, estoy sobreexcitada por cómo se han desarrollado los

acontecimientos y me gustaría estar en sus brazos y besarlo si
estuviese a solas con él. Respira hondo antes de continuar con un
entusiasmo patente—: ¡Canta de una manera extraordinaria y
sublime! ¡Estoy seguro de que un disco con usted arrasaría con
un éxito arrollador!

Enciendo un cigarrillo y lo miro fijamente.

—¿De verdad quiere grabar un disco con nosotros?

El camerino se queda en silencio. Todos miramos a Joel
fijamente, esperando su respuesta.

Parece algo sorprendido ante nuestro escepticismo y asevera
con convicción:

—¡Por supuesto! Puedo reservar el estudio para este domingo
y podríamos grabar el disco entonces si quiere.

Miro a mi banda y, luego, a Joel.

—Solo lo haré si mis músicos son quienes me acompañan en
la grabación.

—Por supuesto —consensúa él.

Todos intercambiamos una mirada con una sonrisa. Esto del
disco podría darnos un buen impulso. No sé hacia dónde, pero
eso es justamente lo que me entusiasma: la posibilidad de
cambiar mi vida. Me hubiese gustado estudiar si hubiese tenido
los recursos para ello.

Joel y los músicos discuten acerca de distintos aspectos
técnicos y yo los dejo hablar, interviniendo en pocas ocasiones.
Sé lo que quiero y mis chicos también lo saben perfectamente.

La habitación se vacía: el bar se queda silente cuando el
último cliente se marcha.

Al final, solo quedamos Pierre, Joel y yo. Salimos a la calle.
Corre una brisa fría, pero voy bien abrigada con mi abrigo y
estoy contenta por cómo se ha desarrollado la noche.

Pierre se marcha a su casa y me quedo sola en la calle con el apuesto Joel.

Él me mira fascinado. Yo me acerco a él, le coloco la mano suavemente en la mejilla y me pongo de puntillas para posar los labios sobre su boca. Parece algo sorprendido, pero responde a mi beso y, casi instantáneamente, siento fuegos artificiales cuando noto su lengua contra la mía y sus manos en mi cintura.

Me desprendo con dificultad. No quiero ir demasiado deprisa y quemarme las alas.

Ya sé que lo deseo y qué efecto tiene sobre mí.

Nos quedamos unos momentos pegados el uno al otro mientras nos miramos a los ojos.

—¿Nos vemos este domingo, Joel? —le digo con dulzura.

—Hasta el domingo, Celia —responde con el mismo tono.

El domingo por la tarde llegamos en grupo al estudio, exaltados pero listos, donde nos esperan Joel y los técnicos, que parecen igual de entusiasmados que nosotros. Tras las presentaciones y los consejos técnicos, nos colocamos a ambos lados del cristal que separa la sala técnica de la habitación en la que tocamos.

Cruzo la mirada con Joel y me da la impresión de leer en él la misma mezcla de emociones que siento yo, que abarca tanto un deseo carnal como una exaltación artística. Levanta el pulgar para indicarme que todo irá bien.

Hacemos algunas pruebas y, luego, tocamos la primera canción. Los técnicos están entusiasmados y a nosotros nos alientan las grandes sonrisas que vemos al otro lado del cristal. El productor musical nos indica que continuemos y tocamos nuestras mejores canciones una tras otra. Me dejo llevar por la música y canto como nunca lo había hecho antes, mirando a Joel a los ojos por encima del micrófono. Él se convierte en mi fuente de inspiración y el objeto de mis baladas y de las canciones románticas que interpretamos. La expresión fascinada de los técnicos cuando empezamos y sus gestos alentadores con cada grabación nos estimulan y damos el cien por ciento.

Tras varias horas, hemos grabado material suficiente para algunos discos de 78 rpm. Los técnicos nos felicitan con efusividad por nuestra interpretación antes de dejar el estudio. Por el modo en que me miran, creo que he logrado encarnar a una *femme fatale*, apasionada y enamorada; es decir, el tipo de mujeres con las que fantasean los hombres. Espero que sus mujeres también quieran comprar el disco.

Hablamos de la mezcla de la grabación con el productor musical y Joel y, luego, cada uno termina marchándose. Me quedo a solas con Joel. Nos miramos unos instantes y, luego, nos precipitamos el uno sobre el otro. Me toma en brazos y nos besamos con fervor. Me desea tanto como yo le deseo a él.

Coloco las manos en sus nalgas y se las acaricio a través del tejido. Él me quita la chaqueta y, apasionado, me desabrocha los botones de la blusa mientras me besa el cuello. Le levanto la camisa para pasarle las manos por debajo de la tela y dar con su piel tibia y suave. Su espalda y firme vientre me estimulan todavía más. Estoy semidesnuda en sus brazos, entregando mis pechos a sus ardientes besos. Me acaricia los pezones suavemente y desliza los dedos dentro de mi ropa interior hasta llegar a mi sexo. Gimo ante la exquisita manera que tiene de tocarme con los dedos.

Me desabrocho la cremallera de la falda y dejo que caiga al suelo junto con mis bragas. A mi vez, beso el cuello y el pecho de

Joel mientras me acaricia y le desabrocho el cinturón para quitarle el pantalón. En unos segundos nos encontramos desnudos, pegados el uno al otro en medio de un torrente de caricias incandescentes. Anhelo el cuerpo y la piel de Joel. Lo deseo de un modo casi brutal. Me acaricia el clítoris con los dedos y grito de placer. Me siento encima de una mesa ante los paneles de control y atraigo a Joel hacia mí. Lo miro fijamente mientras le agarro el pene y su miembro hinchado y duro palpita en la palma de mi mano. Lentamente, lo introduzco en mí y Joel se hunde en mi interior, despertando un fuego que me invade con su calor y sus olas de éxtasis cada vez más deprisa y con más fuerza a medida que sus movimientos se intensifican. Que me sostenga la mirada me excita incluso más y me da la impresión de que el modo en que nos estrechamos nos une más intensamente. Me dejo llevar por un orgasmo clavándole las uñas en la piel.

Lo vuelvo a besar mientras él se retira y lo llevo al suelo conmigo. Le mordisqueo el cuello y el pecho antes de descender hacia su vientre y lamerle el pene, que vuelve a erguirse enseguida. Rodeo el glande con los labios y subo y bajo por su erección, que se hincha y se vuelve cada vez más firme. Me excitan los suspiros de Joel, que se multiplican. Él desliza los dedos por mis nalgas y muslos y yo anhelo volver a tenerlo dentro de mí, que me tome, me haga arder y me transporte a otros lugares mientras me mira.

Me coloco encima de él y lo introduzco dentro de mí. Con ambas manos colocadas encima de su pecho, muevo las caderas oscilando alrededor de su miembro, que se hunde todavía más en mí, y el placer que me embarga se vuelve casi demasiado intenso. Miro a Joel: quiero que sepa cuánto placer me da y que su pene me eleva a cimas inesperadas; que sepa cuánto deseo que él también llegue a su clímax. Tiene las pupilas dilatadas por la excitación y los ojos llenos de luz. Gime, embargado también por un éxtasis cada vez mayor y se deja llevar por su goce con un grito. Su abandono, esa especie de confianza que me muestra, me sobreexcita y vuelve a apoderarse de mí una marea de sensaciones que me lleva hasta el orgasmo.

Me dejo caer encima de él y permanecemos en los brazos del otro durante un largo tiempo.

Le acaricio la espalda y las nalgas y eso reaviva mi deseo por él. Lo beso con una pasión renovada y su miembro hinchado y duro vuelve a convertirse en una columna sedosa que le acaricio con la punta de los dedos. Joel se coloca encima de mí y me penetra poco a poco. Una especie de deleite me invade. Una parte de Joel está dentro de mí y una parte de mí lo rodea. Nos convertimos en el otro, lentamente, al ritmo de los movimientos y el éxtasis que crece dentro de nosotros, más despacio esta vez, pero con la misma intensidad.

Juntamos las manos cuando me besa. Una oleada extática me invade hasta apoderarse de mí por completo. Tanto él como yo llegamos al orgasmo casi al mismo tiempo. Me quedo en sus brazos, contenta, sumida en una especie de beatitud.

Nos demoramos en volver a vestirnos y marcharnos del estudio. Cuando por fin salimos, es de noche. Joel me deja con la promesa de darme noticias y de asistir a mi espectáculo del jueves.

La semana transcurre con monotonía en la fábrica de tabaco sin que yo reciba noticias de él. No tengo teléfono, pero bastaría con una pequeña nota, ya que, al fin y al cabo, sabe dónde vivo.

Tengo la sensación de haberme dejado embaucar. Dudo de mí misma, me deprimo y estoy furiosa con él y conmigo misma. Cuando llega el jueves, al menos me alegra volver a ver a mi grupo. Obviamente, les decepciona saber que Joel no ha dado señales de vida. Pierre, el más sereno de todos, nos tranquiliza:

—No pagaría por toda una sesión en el estudio con un equipo de técnicos para aparentar. Si no sabemos nada de él, seguramente sea porque estará demasiado ocupado, eso es todo. Esta noche vamos a tocar y así veremos si viene como prometió.

Es la voz de la sabiduría. Personalmente, no me preocupa el disco, sino el hueco que se ha hecho Joel en mi corazón. Al subir al escenario, el público ya está animado. El rumor de nuestro espectáculo de la semana pasada ha surtido efecto y, además, tenemos a los clientes leales que vienen todas las noches. En primera fila, hay una mesa con un cartelito que indica que está reservada y eso nos sorprende. El patrón nunca hace este tipo de favores; suele asignar las mesas por orden de llegada. La mesa permanece vacía cuando empezamos nuestra primera canción. Pero para cuando terminamos, Joel está sentado en ella, con un aspecto radiante, junto con el productor musical del estudio. Delante de ellos yace la funda de un disco de 78 rpm en la que está impresa una foto de mí junto a mi grupo.

No encuentro las palabras para expresar lo muy sorprendida y dichosa que me siento, pero se las puedo tomar prestadas a letristas excelentes y cantarlas mientras los chicos se expresan mediante sus instrumentos detrás de mí. Brindamos un espectáculo grandioso de una hora.

Durante el descanso, debemos encontrar refugio entre bastidores yo, los músicos, Joel y el otro productor. Este último nos muestra un disco que se imprimió a partir del trabajo que realizamos en el estudio. Joel ha hecho que un artista de la maqueta crease lo que será la funda del disco de 78 rpm. ¡Todos estamos exultantes! El patrón nos promete que celebraremos nuestro éxito con champán al final de la velada. Cruzo la mirada con la de Joel, que está igual de jovial que yo. Lo deseo y anhelo tenerlo cerca de mí y puedo ver en sus ojos que él quiere lo mismo.

La segunda mitad del concierto sobre el escenario rezuma entusiasmo, tanto por parte del público como por la nuestra. He aquí otra velada que nos ayudará a promocionar por la ciudad tanto al grupo como el futuro disco.

Entre bastidores, lo celebramos con el personal, que está tan feliz como nosotros. Me las ingenio para colocarme al lado de Joel y me pego a él. Mis compañeros de banda fingen no darse cuenta de nada, pero creo que también se alegran por mí. Los últimos clientes se marchan, el bar cierra y, luego los empleados, así como mis compañeros músicos, se van a sus casas, hasta que solo quedamos Joel y yo.

Observo la sala y el escenario sumidos en la oscuridad colmada de alegría y esperanza. Joel me agarra por la cintura y se coloca detrás de mí. Yo me doy la vuelta para mirarlo. Justo acaba de entrar en mi vida y ya ha cambiado tantas cosas... Su luminoso rostro apacigua cualquier inquietud que hubiese tenido y, al mismo tiempo, estimula una pasión creciente dentro de mí.

No necesito decírselo, puedo ver en sus ojos que siente lo mismo. El modo en que me rodea la cintura con las manos y los dedos ya me indica lo bastante para saber cuánto me desea. Creo que podríamos ser una de esas parejas que no necesitan hablar. ¡Nos deseamos tanto el uno al otro!

Le acaricio el rostro y él acerca los labios a mi boca. Me besa con lengua con delicadeza y nos estrechamos con más fuerza. Yo dejo el abrigo en una mesa, mientras que él deja caer el suyo al suelo. Me acaricia las nalgas y el sexo a través del tejido antes de subir hasta mi busto y empezar a desabotonarme la blusa mientras sus labios siguen pegados a los míos.

Febrilmente, desabrocho el cinturón de su pantalón y le bajo la cremallera. Le agarro el pene y me excito al sentir cómo se hincha cada vez más en la palma de mi mano. Le acaricio el glande con la punta de los dedos, embriagada por los suspiros de Joel. Él me quita la blusa y el sostén, toma mis pechos y los acaricia por completo antes de chuparme un pezón y jugar con él con la lengua. Gimo bajo los efectos de sus caricias. Luego, Joel me desabrocha la falda y la deja caer al suelo junto con mis bragas y desliza los dedos en mi sexo húmedo. Vuelvo a gemir más intensamente, con la respiración entrecortada. Recorre los labios lentamente y, luego, me acaricia el clítoris, trazando círculos con la punta de los dedos. Voy gimiendo continuamente a raíz del éxtasis, cada vez mayor.

De repente, Joel me da la vuelta, se coloca tras de mí mientras me apoyo en una mesa y me penetra con una especie de gruñido salvaje que aumenta mi excitación. Noto cómo entra dentro de mí y su miembro hace que cada rincón de mí vibre de placer. Con cada uno de sus movimientos se generan oleadas de éxtasis y placer que irradian por todo mi cuerpo y aumentan su frecuencia e intensidad a medida que los movimientos se repiten y que Joel se hunde más profundamente en mi interior. No puedo resistirme y el orgasmo me lleva muy lejos de la sala, intensificado por el goce mismo de Joel.

Se separa de mí y lo miro con ternura. Le acaricio el rostro de nuevo y lo beso con fervor. Le quito la camisa y terminamos desnudos en la sala, justo delante del escenario. Con una sonrisa maquiavélica, lo llevo ante el micrófono. No me imagino a un público invisible. Simplemente, disfruto de compartir con él un poco de la adrenalina característica del lugar.

Coloco las manos en sus nalgas con una mirada golosa antes de besarlo y descubro que su pene ya está erguido, crecido y firme. Me deleito acariciándolo y oyendo cómo Joel suspira cada vez más excitado. Me colma de besos por el cuello y los pechos y, despacio, desliza los labios por mi vientre y sigue bajando. Me besa los muslos, lamiéndolos con fruición, antes de colocar la boca en mi sexo húmedo. Gimo de placer ante su exquisito roce. Me recorre los labios con su suave lengua y se desliza una y otra vez por encima de mi clítoris. Yo gimo, ardiendo de deseo y sobreexcitada. Joel desliza dos dedos dentro de mí y los mueve hacia fuera y hacia dentro. Estoy casi a punto de llegar al clímax, pero no quiero terminar todavía. No sin tenerlo dentro de mí, sin que un mismo abrazo nos ate el uno al otro. Y, además, también quiero degustarlo.

Me tumbo sobre el escenario y me lo llevo conmigo. Le tomo la erección entre los labios y lo lamo de arriba abajo mientras Joel continúa acariciándome el sexo. Lo deseo tantísimo… Vuelvo a chuparle el miembro y, luego, lo guío dentro de mí y Joel entra cuidadosamente. Casi al instante, el movimiento de su erección crea un torbellino de sensaciones intensas que se multiplican con la cadencia del pene que se hunde dentro de mí. Estoy embriagada, casi alucinada por el placer, y Joel arde de deseo tanto como yo. Entrelazamos las manos, clavo la mirada en la suya y me parece que su erección crece incluso más. Su mirada y el éxtasis que me invade se convierten en todo mi universo.

Me aguanto tanto como puedo para que Joel pueda llegar al orgasmo primero. Él cierra los ojos y estalla en una especie de aullido salvaje. Presa de una excitación inefable, me dejo llevar a mi vez por mi orgasmo y este me lleva lejos de aquí con Joel en brazos. Joel… Mi refugio y mi inspiración, pegado a mí y al que había esperado durante tanto tiempo...

Scheherazade

Scheherazade salió del palacio por una puerta pequeña. El guardián , uno de sus seguidores, no dijo nada. Su trabajo diario consistía en aparcar las alfombras voladoras y los camellos de lujo de los visitantes al palacio, una tarea aburrida. Scheherazade, por compasión, a menudo le dejaba las llaves de su alfombra personal, un modelo deportivo muy potente de dos asientos, el cual disfrutaba conduciendo.

Al igual que en otras noches previas, Scheherazade estaba buscando anécdotas para nutrir sus habilidades contando relatos. Un arte popular en Persia, aunque su padre, el visir, veía con escepticismo la elección de carrera de su hija. A Scheherazade le daba igual, un relato podía cambiar la realidad cotidiana de un día, pensaba ella, y un cuento bien contado era capaz de encantar al personaje más avinagrado. Sabía que un buen contador de cuentos era capaz de hacerse con la atención de un bazar completo a ciertas horas, además del palacio en otras horas. A un contador de cuentos nunca le faltaba de nada y se le recibía con consideración en todas partes.

Lista, intuitiva y curiosa, Scheherazade también era muy sensible a las emociones de las personas de su entorno y se estaba aprovechando de una rara habilidad para conseguir la atención del público. La joven contadora de cuentos también era muy bella. De tamaño mediano, el cabello corto y marrón enmarcaba una cara sensualmente expresiva, dominada por ojos azules y una boca con labios carnosos bajo una nariz delgada y recta. Tenía un cuello elegante, hombros bien definidos y brazos esbeltos con pulseras de cobre y plata. Sus pechos redondos y firmes se distinguían fácilmente bajo la seda o el lino, además de sus caderas voluptuosas y sus nalgas, que evocaban la luna y precedían unas piernas esbeltas y perfectas. A todo esto se añadía un carisma indiscutible, acentuado por una voz profunda y cálida no muy frecuente en una mujer. En cuanto hacía acto de presencia, se ganaba la atención de hombres y mujeres. Esto era una ventaja pero también una desventaja para ella, ya que rápidamente conseguía la atención de su público, pero quería tenerles bajo el encanto de sus palabras en lugar de su aspecto físico. Por eso ella ponía más cuidado en perfeccionar sus relatos y coleccionar detalles y anécdotas para enriquecerlos.

Al igual que los pocos transeúntes a esa hora, ella se había envuelto en un albornoz poniéndose la capucha en la cabeza. Su excursión tenía por destino una taberna en el bazar donde mercaderes y viajeros en caravanas de la Ruta de la Seda se reunían. Para Scheherazade, sus anécdotas y cuentos de aventuras eran una delicia. Se imaginaba a sí misma respirando el polvo de las lomas, sintiendo el viento de las montañas en su cara y respirando el olor de las especias obtenidas tras largos viajes. La hija del visir hablaba todos los idiomas de la Ruta de la Seda en el bazar: persa, árabe, arameo, turco, indio, latín, griego y un poco de danés, porque su padre contrataba regularmente a vikingos como guardaespaldas. Claro que no hablaba ninguno de los idiomas realmente importantes como inglés, francés o español. En primer lugar, porque estos idiomas no existían en su tiempo y los dialectos en su origen eran hablados esencialmente por personas primitivas que creían a pies juntillas que la Tierra era plana. Otra gran razón era porque a Scheherazade no le importaban esas lenguas. El centro del mundo civilizado era Bagdad. Todo el mundo sabía eso.

Bajando por un callejón, se cruzó con dos siluetas que también llevaban albornoces con las capuchas puestas. Sin saber realmente por qué, estas dos figuras que venían lentamente suscitaban la curiosidad de Scheherazade. Primero, eran mucho más altos y fuertes que personas normales. Luego, sus ojos parecían brillar en la oscuridad. Eran hombres, sin duda, pero sus pies no hacían ruido en la piedra de la calle. Scheherazade estaba fascinada cuando la saludaron. Cada uno de los dos hombres tenía ojos de colores diferentes: uno tenía un ojo azul y el otro verde mientras que el otro hombre tenía un ojo rosa y el otro morado. Además, los dos extraños tenían una belleza sobrenatural. Lo que turbaba a Scheherazade más que nada era la mirada de sorpresa brindada por los dos hombres, como si la hubiesen reconocido. Dando tres pasos más, se giró para observer adónde iban, pero se quedó sorprendida al ver que ambas siluetas habían desaparecido. El callejón estaba vacío.

Se percató entonces de una puerta discreta en la pared. Scheherazade, que con regularidad transitaba por este callejón para llegar al bazar, juraría que nunca había visto esa puerta. Al acercarse, leyó unas letras que brillaban encima del dintel de la puerta: Taberna Genios. Este es un nombre muy raro, pensó la hija del visir. Los genios podían sentirse ofendidos por que su nombre se usara comercialmente. Llevada por la curiosidad y la atracción de los dos hombres misteriosos, decidió no tener precaución y empujó la puerta. Un vistazo inicial mostraba una taberna corriente. El interior estaba bañado en relativa oscuridady, como sucede en todas las tabernas, había parroquianos sentados en torno a las mesas charlando. Sin embargo, Scheherazade no vio lámparas iluminando el lugar, la luz parecía emerger mágicamente de las paredes y en vez del color amarillo de las lámparas de aceite, en la gran sala la iluminación era de todos los colores del arco iris, de manera que el efecto, curiosamente, era acogedor sin que ella pudiese adivinar por qué. Por encima de todo, los clientes eran muy distintos a los que ella había visto jamás en una taberna. Estaban ricamente vestidos y entre ellos había muchas mujeres. Algunos clientes tenían piel brillante, de color verde, rojo o azul. Había una persona con dos cabezas, una mujer parecía tener un ojo extra en la frente y… el camarero que apareció ante ella de repente flotaba por encima del suelo,pues sus piernas por debajo de la rodilla terminaban en una especie de nubecita. Su rostro de color azul la miraba con suspicacia:

–No eres un genio… ¿Cómo ha podido entrar en la taberna una mujer mortal?

Él tenía la voz de un cantante famoso francés que aún no existía.

–Um, bueno… –tartamudeó Scheherazade maravillada.

La cara del genio se iluminó de repente:

–¡Ahhhhhhh, tú eres Scheherazade! - el camarero se volvió hacia la sala y gritó -

¡Eh, mirad, es Scheherazade! Scheherazade está aquí con nosotros.

Todo el mundo dejó de hacer lo que estaba haciendo para mirarla y luego aplaudir, hubo exclamaciones entusiastas.

–¡Scheherazade, Dios mío!

–¡Bienvenida, Scheherazade!

– ¿Puedo pedirte un autógrafo?

–Yo… ¿La gente me conoce? - tartamudeó Scheherazade, sorprendida y luego maravillada.

–¡Claro que sí! ¡Claro que sí! Tus relatos son muy populares entre los genios-, informó el camarero.

–Pero si nunca los he publicado, están guardados en un arcón - contestó la hija del visir.

–Has venido en el momento correcto. Aquí vive el genio del frasco de la tinta, el rey de las publicaciones en nuestro país. Oye, está muy bien que incluyas genios, gnomos, gigantes o troles en tus relatos. Hay tan pocos autores inclusivos - prosiguió el camarero.

–Hemos creado una pequeña red social de lectura amateur de genios e intercambiamos tus cuentos e imágenes de camellos.

–¿Camellos? ¿Camellos?

–Sí, camellos, son tan monos, ¿no te parece? Nos encantan.

El camarero se detuvo como recordando algo y luego siguió:

–Ahora que me acuerdo, el rey de los troles estuvo aquí la semana pasada y ofreció un tour en directo. De hecho, la puerta te tiene que haber reconocido…

Scheherazade se quedó sin habla. Afortunadamente, esto no preocupó al camarero, que seguía alegremente:

–¿Estás buscando anécdotas para inspirarte? Porque esta noche tenemos unos invitados muy especiales.

El camarero señaló a los dos hombres del callejón que ahora la miraban atentamente. Se habían quitado sus albornoces y además de mostrar pulseras en torno a los bíceps, sus torsos poderosos estaban desnudos. Llevaban un ancho cinturón que parecía estar hecho de cuero   y pantalones de seda.

–Badir y Ramir vienen aquí rara vez, pero de todos los genios, creo que son los que tienen las anécdotas más curiosas - concluyó el camarero, invitándola con un gesto a que fuese a su mesa.

Los dos genios la vieron acercarse. De cerca, Scheherazade pudo verificar que el aspecto sobrenatural de su belleza no tenía nada que ver con el contexto misterioso de su encuentro en el callejón, ni de su imaginación. Eran hechizantes. Scheherazade nunca había conocido hombres, entidades o genios tan… la palabra que le venía a la cabeza era hechizantes, se le pegó a la lengua. Ramir y Badir parecían admirarla grandemente y le dieron una cálida bienvenida.

–Yo soy Ramir - dijo el genio con los ojos de color morado y rosa, presentándose –Y estoy absolutamente encantado.

–Yo me llamo Badir - dijo el que tenía un ojo verde y el otro azul. - Estoy tan contento de conocerte personalmente.

Ambos tenían sonrisas anchas en sus caras y la joven mujer temía desvanecerse. Su corazón   latía fuertemente.

–Somos fans - añadió Ramir.

–Eso es - dijo Badir.

–Y, esto… ¿los dos sois genios?

Scheherazade, aún confusa por los descubrimientos de los últimos minutos, no estaba muy segura de cómo guiar la conversación. En el tono más amable, Badir se apresuró a especificar:

–Jin es el término genérico; nosotros somos de la familia de los genios. Yo soy el genio de la lámpara de la mesilla de noche.

–Y yo añadió Ramir -, el genio de la botella de agua, –soy el genio con el futuro más prometedor - no pudo dejar de añadir.

–Posturista - se burló Badir.

Scheherazade se había quitado el albornoz y lo había dejado en una silla cercana. Ramir exclamó:

–Eres fabulosa. De verdad, lo digo de la manera más sincera.

–Oh sí, eres absolutamente deliciosa. Lo que llevas es tan sofisticado, muy vanguardista, diría yo.

Scheherazade se ruborizó, sintiéndose invadida por un calor repentino. Los genios estaban actuando en ella con cierto atractivo. Ella llevaba puesto una especie de leotardo con un escote bajo y que mostraba su vientre,además de pantalones transparentes hechos de tul. Sus pies delicados calzaban unas zapatillas que se alzaban en las puntas. Nadie vestía así, pero su vidente le había explicado que un día las mujeres en los relatos se representarían de esta guisa y a Scheherazade le encantaba innovar. También era ideal para fingir que venía de otro lugar. Sin que lo dijese, estaba absolutamente encantada de que a Badir y a Ramir les gustara tanto su apariencia.

Scheherazade probó una pregunta:

–Y, ¿concedéis deseos?

–Es una marca de la casa de la familia de los genios - reconoció Ramir -. A mí, personalmente, me encanta, la gente pide cosas completamente locas. ¡Nunca te puedes aburrir!

–Oh sí, el cuento ese de la rana que quería ser grande como un buey… - recordó Badir.

Mientras hablaban, Scheherazade se dio cuenta de que la piel de Badir se estaba volviendo de un color turquesa agradable, mientras que Ramir exhibía un rosa flamenco indiscutible.

–¿Qué hace falta para convertirse en genio? - preguntó Scheherazade con curiosidad.

–Ah, necesitas tener una predisposición natural, claro, pero también requiere mucho estudio - respondió Badir – Yo tardé setenta y cinco años.

–Suspendiste dos veces -, replicó Ramir.

Badir miró hacia el cielo con impotencia.

–¿No os sentís ahogados viviendo en una botella o una lámpara? - preguntó la hija del visir.

Los dos genios se miraron con sorpresa.

–No - dijeron a la vez–. Es muy cómodo, tenemos todo lo que nos hace falta - le dijo Badir.

–En serio - dijo Ramir retomando la conversación – ¿nunca has visitado el apartamento de un genio?

–En realidad, vosotros sois los primeros genios que he conocido - les informó Scheherazade.

–¡Vaya! - exclamó Badir – ¡Esto hay que celebrarlo!

–Desde luego - agregó Ramir -. ¿Qué te parece una visita?

Ella no se podía creer lo que estaba oyendo, pero la curiosidad y el deseo la vencieron más que cualquier otra cosa.

–Estaría encantada - dijo.

Ramir miró a su colega:

–Vayamos a mi casa, Badir. Es un poco más grande. Le dará una idea mejor, me parece. ¿Te ofende eso?

–Para nada - replicó Badir con buen humor.

Un segundo más tarde, los tres estaban en casa de Ramir y Scheherazade se había quedado sin aliento. El espacio, circular, tenía las dimensiones de una plaza pública. En el aire nadaban peces exóticos de todos los colores y formatos. El suelo estaba hecho de una especie de espuma suave y sedosa y los pies se hundían en él ligeramente. Por todas partes crecían palmeras y flores, mientras que en el centro, en una piscina muy grande, flotaban plátanos gigantes, de un tamaño que Scheherazade nunca había visto antes. En una esquina había camellos pastando tranquilamente. Ramir, siguiendo la mirada de la cuentista, dijo:

–¡A todos los genios nos encantan los camellos, son nuestras mascotas!

Señaló un retrato en una mesita pequeña:

–Esta es la abuela con Dibi, su camello favorito.

Badir hizo un gesto amplio con el brazo:

–Como ves, nos sentimos cómodos aquí.

Chasqueó los dedos y las mesas se llenaron de fruta, magdalenas, jarras de vino y botellas de agua.

–¡Es tan grande como un palacio! - exclamó Scheherazade - ¿Todos los genios vivís en sitios tan grandes?

–Es bastante normal para un genio, replicó Badir, pero algunos tienen sitios enormes, como el genio del tarro, por decirte un ejemplo.

–Oh, sí - agregó Ramir -, en vez de una piscina, tiene un lago con una isla en el centro.

–Por otro lado - dijo Badir–, unos cuantos, los menos, viven en condiciones difíciles. El genio del frasco de laca de uñas, por ejemplo…

–Oh, sí, pobrecillo - añadió Ramir -. Yo le invito aquí siempre que puedo.

–Siempre tenemos cinco o seis habitaciones para invitados preparadas. Somos muy sociables.

Una fuente al lado empezó a emitir una gran columna de burbujas multicolores en el aire y Scheherazade dio un pequeño grito de placer.

–Siempre celebramos con burbujas - dijo Badir -, es una vieja costumbre.

–¿Puedo haceros una pregunta? - aventuró la joven.

–Sí, claro - dijeron ambos genios a la vez.

–¿Todos los genios son hombres, quiero decir, masculinos? - especificó Scheherazade.

Ramir y Badir rieron.

–Badir y yo preferimos ser masculinos - explicó Ramir -, pero la verdad es que como regla general, los genios no son ni masculinos ni femeninos - informó Ramir -. Somos lo uno y lo otro o lo uno o lo otro, según sea el caso.

–Depende de muchas cosas - añadió Badir amablemente -, la fase de la luna, las mareas, la moda y nuestro estado emocional.

–Tengo que reconocer que hacer el amor cuando puedes tener cualquier sexo es bastante fantástico - dijo Ramir -. ¿Has tenido sexo con un genio alguna vez?

Ramir y Badir la miraron de repente con una especie de curiosidad excitada.

–No, realmente, no - replicó Scheherazade.

–Somos adorables y podemos adaptarnos a toda clase de cuerpos y gustos - añadió Ramir. –¡Mira! ¡Mira!

En un instante, se quedó desnudo con un sexo de proporciones monstruosas, erecto como un árbol. Scheherazade

gritó de terror. Ramir se deprimió y su sexo ahora se doblaba
infeliz hacia el suelo.

–A los gigantes les gusta - susurró.

–¡Yo no soy una gigante! - exclamó Scheherazade.

–¡Oh, Díos mío, es verdad! ¿Qué estaría yo pensando?
Discúlpame - replicó Ramir.

Un instante más tarde, apareció un pene de tamaño normal
excitado.

–Nuestro pene se amolda perfectamente a todos los tamaños
- dijo Badir, también desnudo, con su falo recto como una regla.

Scheherazade estaba sobrecogida. Sintió un intenso deseo de
tener sexo con los dos genios. Sin que se hubiesen movido Badir
o Ramir, de repente sintió manos invisibles recorriéndola,
rodeando sus piernas, pechos y vientre con caricias
exquisitamente suaves. Sintió besos en su cuello, pechos, muslos
y en un instante se encontró desnuda y febril de deseo. Sin
pensárselo dos veces, agarró el falo de Ramir con una mano y el
de Badir con la otra y empezó a acariciarlos. Los penes vibraban
en sus manos. Su superficie era como de raso y estaban pulsando
de vida. Para sorpresa de Scheherazade, ambos genios
expresaban su placer ronroneando, lo cual le divertía.

Sin saber cómo era posible físicamente, mientras ella seguía
acarciciándolos, Scheherazade sintió los labios de uno de ellos
recorrer sus pechos y chupando sus pezones endurecidos,
mientras que la boca del otro le lamía la vulva y devoraba su
clítoris. Su cuerpo estaba inflamado, su placer se hinchaba de un
segundo a otro. Sus gemidos se mezclaban con el ronroneo y los
gemidos de los dos genios que, mágicamente, parecían
envolverla en un abrazo voluptuoso. Badir la penetró, su pene
seguía cada milímetro de su piel y estimulaba ensaciones con un

movimiento firme y regular de la pelvis. A su vez, Ramir la penetraba suavemente insinuando su miembro por el ano de Scheherazade y creando la misma sensación de amoldarse perfectamente a ese lugar. Tomó sus pechos entre las manos mientras entraba en ella. Los gemidos de la joven se mezclaban con los de los genios. Los penes de Ramir y Badir parecían emanar oleadas de placer. Ella estaba totalmente subyugada. Nunca antes había sido capaz de sentir tantas sensaciones exquisitas ni con tanta fuerza. Se dejó llevar por un poderoso orgasmo que siguió una y otra vez hasta que, en un éxtasis en común, Badir y Ramir se corrieron a su vez.

–Nunca he sentido tanto placer - les dijo la contadora de cuentos a los dos genios.

–Nada da más placer que tener sexo con un genio… o dos - dijo Badir con una sonrisa.

–Excepto con sirenas - añadió Ramir -. Nada puede ser mejor que hacer el amor con sirenas.

–Oh, las sirenas - dijo Badir con una mirada soñadora.

–¿Habéis podido tener sexo con sirenas? –Scheherazade estaba aturdida y las preguntas daban vueltas en su cabeza - ¿Dónde, en qué circunstancias o dónde podría haber tenido lugar eso?

–¡Sí, claro! - replicó Ramir -. Quizás deberíamos ir a visitarlas, añadió su cómplice.

Badir barrió el aire con un dedo y apareció una especie de gran cubo de alambre delante de él. Cada sección del emparrillado sostenía una fila de cubos cuadrados cuyos colores brillaban como si tuvieran vida propia. Badir tocó uno de los cubos con el dedo y se escapó una melodía, una voz susurrante masculina cantaba en un idioma que Scheherazade no conocía.

–¿Qué es este prodigio? - preguntó la joven con fascinación.

–Es una caja jouk - replicó Badir.

–¿Una caja qué?

–Para jouk - dijo Ramir -. Es muy sencillo, mira.

Se alzó, acercándose a la verja, y empezó a explicarle a la joven.

–Tocas cualquier cubo y sale una canción.

Poniéndose en acción, tocó un cubo nuevo del cual salió una voz inmediatamente, acompañada por muchos instrumentos musicales. El genio tocó otro cubo y luego otro, cada vez con un resultado musical distinto y extraordinario.

–Me encanta la caja jouk - dijo Badir indolente mientras se recostaba.

Y añadió:

–Es un regalo del genio de la llave USB, pero no le vemos muy a menudo, vive en otra era.

–Tema de *jet lag* dijo Ramir, distraído.

Admiró las curvas voluptuosas de Scheherazade, quien no podía evitar sentir excitación ante la visión de los dos falos que permanecían erectos como columnas de raso. Ella tomó el miembro de Ramir en la mano y empezó a acariciarlo. Luego acercó los labios y lo lamió. El genio empezó a ronronear otra vez. Scheherazade cerró la boca con la punta dentro y empezó a deslizarse por su superficie, subiendo y bajando al ritmo. Con la mano libre, agarró el pene de Badir y también lo acarició. Ambos genios tiritaban de placer. Los dedos de uno de ellos tocaron la vulva de la mujer, y sin que ella supiera cómo era posible tal flexibilidad, acariciaron sus labios y su clítoris. La excitación hizo que Scheherazade temblase también. El placer de los genios creció y las sensaciones causadas por sus caricias aumentaron. La mujer joven desplegó más firmeza en sus caricias y aceleró el ritmo, presionando la punta de cada pene en cuanto su mano regresaba ahí. En un éxtasis que hizo que la habitación vibrase, Ramir y Badir explotaron en un orgasmo conjunto. Excitada por sus caricias, Scheherezade se vió a su vez sobrecogida por el placer de ellos y la sensación de semen derramándose en su vientre y sus pechos. Este nuevo orgasmo la dejó jadeando durante unos momentos.

–Tenemos que visitar a las sirenas - dijo Badir cubriendo su rostro con besos.

–Pues sí - susurró Ramir, acariciando los muslos redondeados de la contadora de cuentos.

–Vuestras sirenas parecen ser cautivadoras - dijo Scheherazade distraída -. Me gustaría verlas.

Un momento más tarde, Scheherazade, sorprendida, se dio cuenta de que estaba en pie y que la música había cambiado: era mucho más rítmica, acompañada por exclamaciones de júbilo. La joven vestía ahora un traje multicolor lujoso de seda con un cinturón plateado con joyas que rodeaban sus caderas. Ramir y Badir también vestían sus trajes de genio más bellos. Cada uno sostenía un ramillete de flores de tamaño fenomenal.

Scheherazade miró a su alrededor. El espacio entero parecía estar hecho de nácar iridiscente, cuyos reflejos vibraban en el aire. Una bola plateada gigantesca giraba por encima de un grupo de mujeres esbeltas añadiendo sus reflejos de manera que, conjuntamente con la música, creaba un efecto llamativo.

–Están en la disco hoy - observó Ramir sin que Scheherazade entendiese a qué se refería.

–¿Tú crees? - preguntó Badir.

–Normalmente no suben hasta el techo de esa manera - replicó Ramir.

Esta vez Scheherazade comprendió.

–¿La perla?

–Sí - dijo Badir, señalando la bola que giraba en el aire -. Estamos dentro de una ostra.

Scheherazade no se lo podía creer. Ramir concretó:

– Las sirenas normalmente organizan sus fiestas en una ostra. Es más cómodo para todos. A veces es dentro de una ballena.

– Hay un genio con ellas, ¿no? –observó Scheherazade mientras él mostraba un gigante verde moviendo las caderas con alegría.

Ramir exclamó:

–¡Ah, es Tabir! ¡Eso es genial, lo ha superado!

–¿Por qué? ¿Por qué? ¿Estaba enfermo?

–Estava muy deprimido - replicó Badir -. Él es el genio de las ánforas y tenía miedo de ser despedido debido a las nuevas tecnologías.

–Lo intentamos animar - dijo Badir -. Le explicamos que se podría reciclar, que el vidrio no es tan complicado, pero él siempre contestaba diciendo que no entendía nada acerca de metodología moderna.

–Así que - siguió Badir -, le sugerimos a las sirenas que lo invitasen para cambiar su ánimo.

–Ha funcionado - dijo Ramir.

Batieron palmas de una manera extraña, propia de genios, pensó Scheherazade.

Las sirenas los habían visto y se encaminaban hacia ellos.

–¡Badir! ¡Ramir! - exclamaron algunas.

–¡Habéis venido! - exclamaron las otras.

Todas hablaron a la vez, aunque parecían seguir la conversación y contestarse:

–¡Eso es tan bonito!

–¡Oh, flores, no era necesario!

–¡Nos encantan las flores!

–¡Sois tan monos!

Una de las sirenas tomó un ramillete y se lo ofreció a sus hermanas, las cuales agarraron   una por una un pétalo y los saborearon con delicia. Los ramilletes pasaron de mano en mano mientras se repetían las exclamaciones de nuevo.

–Oh, pero si es…

–¡Es Scheherazade!

–Scheherazade, Dios mío.

–¡Nos han traído a Scheherazade, guau, genial!

–¡Hola, Scheherazade, estamos encantadas de tenerte!

Una por una la abrazaron, besándola en las mejillas. Parecían estar visiblemente encantadas. Todas eran casi del mismo tamaño, con voces musicales que encantaron a la contadora de cuentos. Por encima de todo, eran tan bellas y atractivas como Ramir y Badir. De varias tonalidades, todas tenían ojos azules, verdes, morados, violetas, pardos, de color gris brillante, rosa e incluso rojo de forma almendrada. Sus cabellos se ondulaban como algas en el mar. Los rostros eran angelicales y sensuales y sus sonrisas revelaban pequeños dientes afilados como los de los gatos. Sus movimientos gráciles movían las telas que apenas las cubrían. Tenían piernas largas y pechos pequeños firmes con forma de pera. Mientras Badir y Ramir se fueron agarrados de los brazos de las sirenas junto a su colega Tabir, las tres sirenas restantes desbordaron a Scheherazade. Todas le hablaron suavemente y su voz musical creó una especie de melodrama que envolvió a Scheherazade y la sedujo.

–Mi nombre es Armanie - dijo la que tenía el cabello de color negro ébano y ojos azules.

–Yo soy Chanelle - dijo la sirena con cabello rubio y ojos grises brillantes.

–Y yo soy Versaci - dijo la tercera con el pelo color caoba y ojos morados.

Las tres eran casi idénticas; esbeltas y gráciles, se movían con una flexibilidad que le pareció extraordinaria a Scheherazade. Mientras hablaban, Scheherazade se sintió cada vez más encantada. Dos de las sirenas tomaron a la contadora de cuentos por la mano y la guiaron hasta un lugar revestido de algas y corales de colores extraordinarios con una pequeña cascada de perlas relucientes. Las algas eran notablemente blandas al tacto, pero aún más sorprendente era que flotaban por encima del suelo.

–Una cama encima de un colchón de aire - dijo Armanie suavemente, descansando los labios en el cuello de Scheherazade.

–Un método nuevo - añadió Versaci, retirándole el vestido a la joven.

–Eres fabulosa, Scheherazade - susurró Chanelle, colocando sus manos en las nalgas redondeadas para acariciarla.

–Oh, sí, tan bella - dijo Versaci, quien exploró el vientre y los pechos de la hija del visir con sus labios.

–Podríamos morderte - susurró Armanie, colocando los labios en los de Scheherazade, mirándola fijamente con sus ojos azules engrandecidos por el deseo.

El beso lánguido continuó mientras que Scheherazade sintió
que su cuerpo completo era   envuelto por la deliciosa marea
de caricias y besos, su cuerpo se encendió y se abrió a un deseo
aún más grande que con los genios. Las sirenas dejaron escapar
suspiros musicales que acentuaron el encanto de la joven mujer.
Ella gimió de placer mientras Versaci le lamía la vulva,
encontraba su clitoris y movía la lengua. Luego entró en
Scheherazade y su lengua no sólo llenó su vagina con el ritmo y
la fuerza del pene de Badris, sino que simultáneamente acarició
cada célula. El placer atenazó a la relatora de cuentos con tanta
fuerza que era casi doloroso. Su orgasmo fue brutal y las sirenas,
casi sobrenaturalmente atentas, la acariciaron ingeniosamente de
manera que le duró largos segundos. Cuando Scheherazade
estaba casi extenuada de su goce, la dejaron calmarse,
suavemente acariciando su rostro y sus pies. Después de un rato,
Armanie empezó a acariciar a Chanelle, que suavemente
presionó sus labios en la vulva de Versaci. El placer creó una
melodía conjunta en las sirenas que a su vez excitó a
Scheherazade. Empezó a cubrir las piernas de Armanie de besos
y luego sus dedos se deslizaron a su vulva, encontraron el clítoris
de la sirena e hizo que se hinchase. Ella sintió que los labios de
una de las sirenas descansaban en su vulva, acariciándola, y a
continuación   su vagina estaba una vez más llena con una
lengua sedosa que creaba éxtasis. Gimiendo por las deliciosas
sensaciones, Scheherazade empezó a lamer el clitoris de
Armanie y metió los dedos dentro del sexo de la sirena,
penetrando hasta donde pudo. La canción de la sirena subió y
Scheherazade percibió que el espacio completo estaba lleno de
una melodía de placer y que Badir, Ramir y Tabir eran
espectadores de una deliciosa sesión erótica.

Scheherazade se corrió otra vez, tan fuertemente como la primera vez, pero consiguió mantener sus caricias en Armanie y el orgasmo. Él cargó con las sirenas de forma simultánea, y, durante unos momentos, sujeta al encanto de su melodía, Scheherazade perdió el contacto con la realidad.

Cuando recuperó el conocimiento, las sirenas acariciaron suavemente sus cabellos y su rostro. Badir y Ramir se acercaron con una sonrisa. Scheherazade se percató de que ahora llevaba un vestido nuevo, más bello y rico que el anterior, con motivos marinos bordados con perlas de todos los tamaños. Con grandes cumplidos y deseos, las sirenas dejaron a la contadora de cuentos con los dos genios.

–Las sirenas son maravillosas - dijo Scheherazade, todavía un poco aturdida por tantos placeres.

–Exquisitas - dijo Ramir.

–Geniales - agregó Badir -. Todas estas emociones nos han creado un deseo de querer escapar de todo.

–Y tenemos el lugar perfecto para eso si alguien quiere - dijo Ramir guiñando un ojo.

Sin saber realmente qué nueva sorpresa le aguardaba, Scheherazade dijo simplemente:

–Sí, claro.

Un instante después, la invadió una sensación de frío. Tenía ambos pies en la nieve. Nunca había visto nieve pero a menudo había leído y escuchado descripciones de cómo era. Sorprendida, miró a su alrededor: estaba oscuro y estaban en un espacio vasto rodeado por un bosque de abetos. Detrás de ella había una casa grande hecha de troncos de árbol. La sorpresa y el encanto que sentía impedían que Scheherazade sintiese el frío.

–¿Dónde estamos? - preguntó.

–En la nueva casa del genio de la botella de Schnapps - replicó Badir.

–Se jubiló hace poco y decidió dedicar su tiempo a encantar a los niños - informó Ramir -. Una vez al año hace regalos a todos los niños del mundo. Aquí es donde los fabrica día tras día.

–Es una idea muy generosa - comentó Scheherazade.

–Oh, absolutamente - replicó Badir -. Es un concepto atrevido. No sé si va a funcionar.

– Hay que probar - replicó Ramir, optimista -. Nos deja su casa porque está de gira buscando proveedores.

Ensimismada, Scheherazade dijo, sin pensarlo mucho:

–Me gustaría ver la nieve caer.

–Lo único que tienes que hacer es pedirlo - replicó Ramir inmediatamente -. ¡Sacudamos todo esto!

En un instante todo el paisaje se sacudió brutalmente como si de una mano gigantesca se tratara y el aire se llenó de nieve que empezó a caer lentamente cuando se pararon los temblores.

–Así mejor - dijo Badir.

–Creo que deberíamos ir adentro y calentarnos ante un buen fuego de leña - sugirió Ramir.

–Me parece que todavía no os hemos contado las anécdotas prometidas - añadió Badir.

–Oh, yo no diría que me hayáis dejado sin material para mis cuentos - sonrió Scheherazade.

–Pero podemos seguir perdiéndonos en estas fantasías de vez en cuando.

–O mil y una veces - dijo Ramir, tomándola por la cintura.

Scheherazade rió:

–Me encanta la idea.

El trío desapareció y al instante salió humo de la chimenea de la casa de madera y una luz tenue iluminó su interior.

Un invierno cálido en Montreal

Cuando hablamos de inviernos largos, no hace falta añadir más adjetivos, sobre todo en una ciudad tan al norte como Montreal. Podría decir que es una época oscura y triste, pero no hace falta. Hay días, como hoy, que sueño con estar tomando el sol tumbada en la arena mientras escucho el sonido de las olas. Sinceramente, necesito una escapada a un lugar soleado como, por ejemplo, una isla paradisíaca, pero con mi salario solo puedo permitirme una lámpara solar. No da para más. Hace demasiado frío hasta el mes de abril, así que solo salgo de casa para ir a trabajar. Allí me esperan los formularios que tengo que rellenar para alegrarme el día… Mis dosis de optimismo solo aparecen cuando utilizo mi capacidad para dejarme llevar e improvisar.

Las chicas de mi sección llevan unos días muy animadas, pero no creo que sea por algún programa de televisión ni tampoco por el equipo de hockey de la ciudad, ya que no hay ningún forofo en la oficina, así que llevo varios días dándole vueltas. No es algo que tenga mucha importancia, pero me puede servir para entretenerme en un mes de febrero que se antoja eterno.

El descanso para tomar café es el mejor momento para hablar con Marianne, una rubia delgada y soltera como yo. Suele ser muy alegre, incluso cuando nieva, lo cual es un gran logro. Marianne es la encargada del departamento de comunicaciones y es una persona bastante empática con los demás, lo cual suelo aprovechar de una forma un poco descarada. Como soy una chica fina y delicada no suelo ir directa al grano, sino que suelo empezar la conversación hablándole de una de mis mayores distracciones a mis cuarenta y pico años: ver la televisión. Pero cuando le pregunté por la notable felicidad de las chicas de la oficina, Marianne me miró y me dijo: "Clara, ¿has visto esos locales modernos que hay por Montreal hoy en día?"

Claro que lo sabía. Una antigua tradición de la ciudad es abrir bares "legales" en lugares tan extravagantes como fábricas antiguas o incluso fábricas que siguen en funcionamiento, por no hablar de que puedes encontrarte un bar entre dos tiendas de ropa. "Bien.", resumió Marianne, quien es capaz de entenderme antes de que acabe la frase o incluso sin abrir la boca. "Hemos encontrado el bar perfecto. El mejor de la ciudad." ¿El bar perfecto? Me parece una afirmación un tanto atrevida teniendo en cuenta que los bares tradicionales han desaparecido dando paso a la extravagancia. Marianne me tenía intrigada. Cuando vio que había captado mi atención me dijo: "Ven conmigo mañana después del trabajo". Hizo una pequeña pausa para despertar mi curiosidad aún más. "Tráete un bañador". ¿Mi bañador? ¿Qué quiso decir con eso? Solo para ir a por mi coche tengo que ponerme más capas de ropa que un astronauta en el espacio. Marianne volvió a hacer una pausa misteriosa y añadió: "Ya lo verás. No te defraudaré". Me pasé el resto del día detrás de ella intentando que me diera más información, pero no dijo nada más.

 Al día siguiente, salí de la oficina con mi bañador y la toalla de playa en la mochila, lo cual era algo muy extraño teniendo en cuenta que las calles de Montreal estaban congeladas. Seguí a Marianne con mi coche hacia una zona industrial cerca del río, no muy lejos del barrio llamado Cité du Multimédia. Marianne entró en un aparcamiento y yo la seguí. Estaba un poco confusa; solo había filas de contenedores apilados y no había ningún edificio cerca. Lo único que había era una fila de coches junto a los contenedores. Marianne aparcó y yo, frustrada, hice lo mismo. Me daba la sensación de que se estaba burlando de mí. Salió de su coche, me hizo una señal para que la siguiera y se dirigió hacia el muro de contenedores. En ese momento, empecé a preocuparme.

Llegué hasta Marianne, la cual me esperaba con una sonrisa de oreja a oreja, y fue entonces cuando se dirigió hacia el muro de metal. Sorprendentemente, el muro de metal era una puerta que se abrió sin ningún problema. En la puerta había dos tipos duros, vestidos lo más elegante que se podría ir a una expedición polar. Nos miraron por un momento y nos dejaron pasar hacia una especie de compartimento hermético que separaba el lugar al que nos dirigíamos del frío del que veníamos. Una vez dentro, pasamos a una gran sala donde dejamos nuestros abrigos, sombreros, chaquetas y botas para entrar en una versión lujosa del típico vestuario de piscina. Casi nunca voy a la piscina, ya que no me va mucho estar en un rectángulo lleno de cloro, piernas y brazos. Al ver mi expresión, Marianne se rio y me dijo: "Vamos. Es la hora del bikini. No te decepcionará, te lo prometo".

Afortunadamente, todavía me quedan bien los dos piezas. Además, me puse un pareo para taparme un poco, ya que no sabía lo que me iba a encontrar. Marianne hizo lo mismo, lo cual me tranquilizó un poco. Tomamos nuestras toallas y mochilas y nos dirigimos hacia un lugar difícil de describir. Era como la orilla del mar metida en una lata. Esa puede ser una buena definición. Estaba en las Indias Occidentales; había bares con techo de palma, una pequeña orquesta en el escenario tocando música de ambiente perfecta, la cual no impedía que pudieras tener una conversación y, por supuesto, la playa. Había gente caminando a lo largo del paseo marítimo y otros estaban sentados en el bar, pero la mayoría de las personas se dedicaban simplemente a estar tumbadas en la arena o en las tumbonas que había en la orilla. ¡Incluso había olas!

Nunca había visto algo así. Si no fuera porque la luz era artificial, habría pensado que estábamos en Cuba o en la República Dominicana. Ese lugar debía haber costado una pequeña fortuna, al menos daba esa impresión. Además, debido a la excentricidad de su ubicación, aquel lugar era increíble.

Marianne no estaba exagerando. Al principio me quedé impresionada con aquel lugar; me pareció muy buena idea ir a la playa de cinco a siete. Después de ver aquello, entendí la felicidad de las chicas en la oficina. Si nos centramos en los camareros, por ejemplo, parecían escogidos solo por su apariencia, pero las camareras no se quedaban atrás, estaban al mismo nivel que sus compañeros.

Ocupado llenando los vasos de los clientes en uno de los bares, un hombre levantó la cabeza, vio a Marianne y agitó su brazo con una amplia sonrisa para invitarla a pasar. Parecía que mi amiga ya tenía su plato principal.

El hombre del bar era un hombre fuerte de unos cuarenta años, se conservaba bien, un poco canoso y, por supuesto, bronceado. Nos sentamos en unos taburetes que había libres y Marianne nos presentó:

"Clara, este es Armand, uno de los dueños del lugar".

El tal Armand sonreía. Sus ojos eran marrones, un marrón brillante y una mirada honesta. Me ofreció su mano.

"Es un placer, Clara. ¿Te gusta el concepto?"

"¿Ir a la playa en mitad del invierno? Claro que sí. Además, te doy un punto extra por la ubicación".

"Necesitábamos mucho espacio a un precio bajo porque sabíamos que sería costoso. La elección de los contenedores nos ha dado una gran reputación. El boca a boca funciona", respondió con una sonrisa.

"¿Cómo lograsteis recrear el mar, con las olas y la ilusión del horizonte?", pregunté con curiosidad mientras nos servía una bebida.

"La verdad es que no hay más agua aquí que en las piscinas de delfines u orcas en un parque marino. La piscina es simplemente más ancha y menos profunda", respondió. "Las proyecciones de imágenes y el juego de luces dan la impresión de que el espacio es más grande de lo que realmente es. ¡Es muy simple!"

"Es simple, pero hay que saber cómo hacerlo, ¿no?

Armand me miró con interés.

"Siempre me he dedicado al desarrollo de parques temáticos, pero quería hacer algo por mi cuenta que no me obligara a viajar, por lo tanto, pensé, ¿qué es lo que más atrae a la gente de Montreal en invierno?

"El sol y la playa", respondió Marianne soltando una carcajada.

En aquel momento empecé a conocer un poco más al guapo y desconocido Armand. Me gustaba. Tenía las manos anchas y desgastadas, lo cual era señal de que era un hombre trabajador. Marianne se fue con un chico de cabello castaño, con un poco de barriga, pero que todavía mantenía su belleza. Parecía que la estaba esperando. Yo no sabía qué hacer. No sabía si quería hacer algo o simplemente disfrutar de la playa, pero mientras lo pensaba me tomé una copa. Después de atender a otros clientes, Armand volvió conmigo y me miró atentamente; parecía que yo también le gustaba a él. Tenía un don para hacer que la gente se sintiera cómoda y no parecía que estuviera actuando. Daba la impresión de ser alguien a quien realmente le gusta estar en contacto con los demás.

Se inclinó hacia mí y me dijo: "Mañana es mi día libre, Clara. Si quieres, puedo enseñarte las instalaciones".

Vaya. Era una invitación.

"Bueno… ¿por qué no?", le dije con mi mejor sonrisa.

Me quedé un poco más de tiempo allí, pero llegaron otros clientes, así que me escapé para disfrutar del sol y la playa, aunque todo fuera artificial. Después me fui a casa y empecé a pensar en la última vez que me sentí tan emocionada durante el mes de febrero.

Al día siguiente me puse un bikini más provocativo. Mis pechos son redondos y firmes, pero con aquel bikini resaltaban aún más. Armand me esperaba en el bar. Uno de sus compañeros lo había sustituido. Llevaba unos pantalones cortos, una camisa de lino y unas zapatillas deportivas blancas. Sabía como provocarme; me hizo de guía y me mostró su reino, el cual era más grande de lo que parecía. Tenía cinco bares, tres terrazas, un gimnasio al aire libre e incluso una zona para aprender a bucear. Por el camino, nuestros brazos se rozaron, nuestras manos se tocaron e incluso nuestros dedos se entrelazaron. Llegamos a una puerta cerrada con candado. Armand sacó una llave de su bolsillo y la abrió; era una pequeña esquina de la playa protegida por una barrera y arbustos que no sé si eran reales. Armand se acercó a mí. Puse mi mano sobre su torso firme, acerqué mis labios a los suyos y su lengua acabó encontrando la mía. Sabía a verano y arena cálida. ¡Justo lo que quería! Aunque fuera una ilusión pasajera, en aquel momento me daba igual. Mis manos rodeaban su musculoso pecho y empezaron a bajar por sus muslos gruesos y firmes, los cuales estaban bastante tonificados. Armand acarició mis pechos y me besó bajando por mi cuello. Desató el nudo de mi bikini y empezó a acariciar uno de mis pezones suavemente mientras yo gemía. Puse mi mano sobre su pene erecto y empecé a masajearlo suavemente por encima de sus pantalones. Él acercó su rostro a mis pechos, empezó a besarlos y me dio un suave mordisco en uno de los pezones mientras yo gemía con más fuerza. Desabroché sus pantalones y agarré su pene; era grande, liso y con la piel suave. Empecé a masajearlo entre mis dedos como si moldeara un objeto precioso. Armand también comenzó a gemir y nos tumbamos en la arena. Comenzó a acariciar mis piernas mientras deslizaba sus labios por mi vientre. Su boca volvió poco a poco hacia la mía. Yo estaba ardiendo, así que agarré su pene y lo llevé suavemente hacia mi vulva. Armand me penetró una y otra vez mientras yo gritaba en un momento de éxtasis. Armand seguía empujando y cada uno de sus impulsos aumentaba mi placer por diez hasta que un orgasmo se apoderó de mí como la marea. Después, Armand se vino, lo cual revivió mi emoción y me provocó un nuevo orgasmo llevándome aún más al éxtasis.

Después de unos minutos de abrazos, sentí que el miembro de Armand volvía a levantarse. Me agaché y me lo llevé a la boca. Lo envolví con mis labios mientras subía y bajaba con mi lengua a lo largo de aquella masa de carne vibrante. Armand gemía de placer, pero después de unos instantes puso su mano sobre mi cabeza suavemente para indicarme que quería sentirse nuevamente dentro de mí. No podía negarle aquel placer. Me penetró una y otra vez. Sentía que mi interior ardía. Los orgasmos se multiplicaron una y otra vez. Armand me ofreció el mayor placer de mi vida antes de volver a caer en mis brazos.

Nunca había hecho el amor en la playa. Además, la playa de Armand tenía un toque exótico que las demás no tienen. A partir de ese momento, sabía que aquel invierno iba a ser diferente. Armand me miró con ternura. Pasó un buen rato y nosotros seguíamos acariciándonos después de haber hecho el amor repetidas veces. El único problema es que no estábamos en una playa real y, además, era un día laborable, por lo tanto, teníamos que volver a trabajar al día siguiente. Entonces, volvimos al vestuario y allí estaba nuestra pila de ropa de invierno. Volvimos a la realidad. No sabía lo duros que podían llegar a ser los próximos días. ¿Sería capaz de, al menos, mantener la llama de la ilusión viva? Armand me acompañó a casa. Me miraba con tranquilidad a los ojos como si supiera lo que iba a preguntarle. A mí me hubiera gustado que fuese él quien formulase la pregunta, ya que mostraría su interés por mí. Odio tener que preguntar, pero me lancé. Lo miré y le dije: "¿Nos volveremos a ver?"

No pude descifrar lo que pensaba. Parecía estar tan tranquilo como antes.

"Nos volveremos a ver, Clara", respondió, "pero no sé cuándo. Hay una cosa importante que tengo que terminar primero, pero te prometo que te llamaré tan pronto como pueda". Me dio un beso y volví confundida a la realidad o, mejor dicho, a aquella noche casi polar. No estaba del todo segura. Me dijo que sí, pero ¿qué era exactamente lo que tenía que terminar? ¿tenía pareja? ¿Se estaba separando? ¿Tenía un trabajo en otra parte? ¿Tenía que hacerse cargo de sus hijos? Mierda, me lo había pasado tan bien. No debería tener expectaciones tan altas ni hacer preguntas tan estúpidas. Mi cabeza era un mar de dudas. Yo también había quedado con otros y tenía otras cosas que hacer, debía dejarlo que se ocupara de sus negocios y sus otros asuntos.

Normalmente no suelo hablar mucho sobre mis aventuras amorosas, pero al día siguiente, no pude evitar contárselo a Marianne mientras nos tomábamos un café para pedirle consejo.

"Bueno.", me dijo. "Te dijo que quería volver a verte, ¿no?"

"Sí, eso es".

"¿Crees que te lo decía de verdad o simplemente te lo decía para que te quedaras tranquila y poder irse?"

"No creo. Eso no le pega".

"A ver, Clara. A mí me parece un hombre honesto y sincero. Si no quisiera volver a verte, te lo habría dicho, así que no deberías darle más vueltas. Tal y como te prometió, en cuanto pueda, te llamará", me dijo Marianne para concluir.

Al día siguiente fui de nuevo a la playa. Dos días después volví a ir, pero Armand no estaba allí y si no estaba, yo no tenía ganas de estar en la playa. Pasé una semana sin tener noticias de mi amado; era como si estuviera hecho de arena y hubiera desaparecido con el paso del tiempo. Una tarde, volviendo del almuerzo un poco deprimida, vi un paquete envuelto en papel de regalo al lado de mi ordenador. Marianne me guiñó el ojo mientras avanzaba por el pasillo. Mi corazón se aceleró mientras rompía el papel de regalo. Era una caja de madera muy bonita tallada por todas partes con motivos florales: árboles, palmeras y flores tropicales. Era elegante y parecía hecha a mano. Dentro de la caja, entre pequeñas flores secas, había una tarjeta de invitación y un precioso colgante de plata con lo que parecía ser un medallón de ónix con una pequeña figura de un pájaro. La invitación decía: "Querida Clara: Te invito a la inauguración de mi nueva casa". Al final aparecía una dirección y la firma de Armand.

Estaba en las nubes. La invitación era para la noche siguiente. Mi ilusión volvió a su apogeo y estaba más viva que nunca; Armand no se había olvidado de mí. Además, a juzgar por los pequeños detalles, el cuidado del embalaje, la caja de madera y el colgante, parecía que no me había borrado de su corazón.

Al día siguiente, me puse mi mejor vestido, me subí al coche y conduje hasta la casa de Armand con mis ilusiones intactas. La calle que aparecía en la dirección estaba ubicada en un barrio popular de la ciudad. Me pareció bastante simple. Estaba un poco decepcionada. No me podía imaginar a Armand en un apartamento típico. Al llegar a aquella dirección, mi decepción aumentó: la calle estaba repleta de dúplex idénticos, pero en el número que aparecía en la invitación había un pequeño cuadrado de ladrillo. Era una de esas curiosas viviendas del siglo XIX comúnmente conocidas como "cajas de zapatos", las cuales se pueden encontrar en calles aleatorias de Montreal. El concepto "caja de zapatos" le viene muy bien a la estructura de estas viviendas porque aquella casa no parecía tener más de treinta o cuarenta metros cuadrados. La casa parecía mucho más pequeña porque estaba ubicada bajo unos arces altos. Estaba al final de un largo patio y se llegaba a través de un camino que se abría entre la nieve.

Se veía luz dentro de la casa y en la puerta había una guirnalda hecha de hojas de palma. Estaba claro que aquella era su casa. Abrí la puerta y entré directamente a un gran vestíbulo que me dejó atónita; básicamente, aquel vestíbulo ocupaba todo el espacio de la casa. Había perchas para colgar los abrigos y obras de arte en las paredes que me recordaron a todo lo que México, Cuba o las Indias Occidentales tienen, o, mejor dicho, lo que le falta a Montreal desde noviembre hasta abril: un poco de calor. En el centro, una escalera descendía. Eso era todo. ¿Dónde estaba la casa? ¿Armand vivía en un sótano?

"Hola, Clara". Era su voz: Armand estaba al final de las escaleras. Me miró desde abajo con una pequeña sonrisa en su rostro. Mi corazón latía un poco más rápido cuando le vi de nuevo, casi se me había olvidado lo guapo que era. Bajé para saludarle, me tomó de la mano y con un pequeño movimiento me invitó a echar un vistazo.

"Esta, mi querida Clara, es mi humilde morada".

Me miró riendo. Fue una sorpresa; la vivienda de Armand ocupaba toda la parte de abajo del patio. Era bastante grande y parecía un loft. Tenía unos tres metros de alto y las paredes y el suelo estaban cubiertos de forma alternativa con mosaicos y madera. Parecía una hacienda pequeña. Las plantas tropicales y las estatuas precolombinas le daban un toque exótico. En la pared había un acuario repleto de peces tropicales. Además, la iluminación era tenue y le daba un toque azulado a todo el conjunto.

Armand me besó y con una voz suave me explicó:

"Quería algo original, pero ¿dónde podía encontrar el lugar para hacerlo en un entorno urbano a un costo razonable? Entonces se me ocurrió que podría reciclar este terreno explotando el espacio subterráneo y usando la casa como vestíbulo y acceso".

"Buena idea". Lo abracé y lo besé apasionadamente. "Gracias por la invitación", le susurré al oído. "El placer es mío", dijo besándome el cuello.

Mis manos recorrieron todo su cuerpo; quería sentirlo, quería tocar su piel. Armand me llevó a una cama muy ancha cubierta con delicadas telas y cojines de seda dignos de un rajá. Nos volvimos a besar mientras me desnudaba y me acariciaba. Primero la falda, luego las bragas. Se divertía desabrochando uno a uno los botones de mi blusa antes de tocar mis senos. Sus dedos y su boca me prendieron fuego. Entonces fue cuando le propuse algo: "Quiero que me sodomices, pero con suavidad. ¿Quieres hacerlo? ¿Sabes cómo?"

Armand me miró con ternura.

"Por supuesto", dijo respondiendo a ambas preguntas.

Agarró algo del costado de la cama y comencé a sentir el frío del lubricante aplicado por sus dedos en mi ano mientras su otra mano acariciaba mi clítoris. Después, Armand comenzó a penetrarme lentamente mientras me acariciaba. Eran sensaciones totalmente diferentes, pero seguían siendo placenteras. Comencé a gemir cada vez más al ritmo de las caderas y los dedos de Armand. Entonces, el deseo se apoderó de mí hasta alcanzar un poderoso orgasmo que rompió como un conjunto de olas que me llevaba lejos y me traía de vuelta. Armand explotó a su vez con un grito y se acostó a mi lado. Sacó una botella de tequila de un mueble que no había visto y sirvió dos vasos.

El alcohol me revivió tanto que podía volver a hacer el amor al instante. Armand me sugirió que nos ducháramos juntos, lo cual me pareció una idea fabulosa. La zona del baño y la ducha estaba decorada con mosaicos con tonos azul claro y esmeralda.

El agua corría por nuestros cuerpos mientras Armand me enjabonaba, deslizando sus manos llenas de espuma por mi cuerpo. Agarré su pene con mis manos y lo enjaboné, lo cual hizo que se pusiera duro, se hinchara y se pusiera rígido. Dejé que el agua deslizara por su miembro para limpiar el jabón, me agaché y lo agarré con mi boca. Mis labios se tensaron a su alrededor y comencé a subir y bajar mientras Armand gemía tímidamente de placer. Pero se me ocurrió otra cosa. Me puse de pie, me giré hacia la pared y me apoyé con las manos mientras Armand me penetraba mordiéndome el cuello y los hombros a la misma vez. Su pene se hinchaba cada vez más dentro de mí, lo cual me hacía estar cada vez más caliente. Armand comenzó a empujar lentamente y después lo hizo más rápido, y una especie de borrachera me invadió. La sensación de placer aumentó hasta llegar a un orgasmo de varios segundos. Armand se unió a mí en éxtasis y lentamente nos dejamos deslizar hacia el fondo de la bañera. Después de la ducha, nos tumbamos sobre las frías sabanas de la cama. Armand tocó un botón y las luces se apagaron lentamente, quedando solo unas pequeñas bombillas azules que brillaban por el suelo suavemente en la oscuridad. Me abrazó y nos miramos encantados. Aquel invierno iba a ser diferente.

Una atracción incontrolable

Me he metido en un hormiguero. Un ejército de organizadores se apiña a mi alrededor: algunos se aferran a sus teléfonos, otros llevan un fajo con el censo electoral o acarrean carteles y otros, los más útiles en mi opinión, traen café. Estamos en la recta final de las elecciones, solo faltan unos días para votar, y en la sede del partido se respira entusiasmo. Los miembros y los voluntarios sienten que se aproximan a la meta y que la victoria está al alcance de su mano. Y en medio de estas dichosas circunstancias yo me dirijo a conocer a la jefa del partido, una mujer que, como yo, tiene fama de vivir prácticamente encadenada a la cafetera.

Represento a las principales organizaciones económicas de la metrópoli y, como todo grupo social o económico que se precie, queremos conocer las posturas que adoptaría este partido si finalmente gobernara e informarles de nuestras inclinaciones. Es decir, nuestras inclinaciones están por todas las redes sociales, pero las reuniones cara a cara son más sutiles y el diálogo permite analizar mejor lo que piensan los demás. Un joven edecán me conduce al piso superior, donde hay mucha menos gente. Está claro que aquí es donde se gestan las estrategias. Llevo un traje elegante y sexi, pero sin pasarme. No soy partidaria de la falsa modestia: sé que soy guapa y que llamo la atención. Es una cualidad práctica, pero también muy molesta, ya que me he dado cuenta de que algunas mujeres no soportan estar en presencia de una mujer hermosa por muchísimos motivos no muy buenos. Pero, al fin y al cabo, me dedico a la comunicación y no a la psicología. Ambas profesiones son similares. No obstante, prefiero la vertiente social y menos complicada que ofrece la comunicación.

Con todo, todavía no he llegado al despacho de la directora y ya la oigo gritar. Los empleados han dejado de trabajar para escuchar, un poco avergonzados. Le está echando una bronca del quince a alguien. Irene Deschamps, a quien vengo a conocer, explica en detalle por qué le exaspera su incompetencia y le advierte que dispone de tres horas para corregir sus pifias.

Si quiere que su jefa le tenga en una estima más alta, ya puede ir cogiendo el ascensor.

Un cincuentón con corbata y una chaqueta elegante sale tímidamente del despacho. ¡No pasa ni una, esta Irene! Quizá por eso su partido tenga todas las de ganar. De puertas para adentro se rumorea que la señora Deschamps ha hecho un gran trabajo organizando el partido y ha causado un gran revuelo a lo largo de los años. Aun así, dudo antes de entrar. Miro al edecán, pero ya ha enfilado el pasillo para volver al ajetreo y el bullicio de la planta de abajo. Respiro hondo. Allá vamos…

Irene Deschamps, con los brazos cruzados, me da la espalda cuando entro. Parece estar mirando la bulliciosa calle donde se encuentra la sede, justo en el corazón de la ciudad. Nos miramos a los ojos a través del reflejo en la ventana. Experimento una ligera sorpresa y estoy segura de que ella también; se le han abierto los ojos al verme entrar. Pero es una mujer de rostro calmado e impasible y entonces, como si no hubiera pasado nada en los últimos segundos, se vuelve hacia mí con el rostro tranquilo e inexpresivo y me tiende la mano. Una mano con dedos de artista, largos y finos, a juego con su esbelta figura. Es alta y luce con orgullo sus canas. Rondará los cincuenta. Su rostro delgado está iluminado por unos ojos enormes y grises ligeramente rasgados a los que les siguen una nariz fina y una boca grande de labios carnosos. ¿Que si es guapa? Irene Deschamps está más allá de eso. Emana un magnetismo cuya extraordinaria fuerza sería capaz de hechizar a quien quisiera. Seguramente ese sea el motivo por el que puede permitirse echar semejantes rapapolvos a sus empleados y, aun así, tener un equipo leal. Seguro que se desviven por complacer a su jefa.

Le estrecho la mano; una mano firme y cálida cuyo roce me hace temblar. Nos quedamos así más tiempo del necesario. Por un segundo imagino sus largos dedos en mis pechos y mis labios en su boca roja. Me observa con interés y me ofrece asiento con voz grave y serena.

—Claudia Raffini —dice—. ¿Qué tal están los amigos de las finanzas y el comercio de nuestra gran metrópoli? ¿Les preocupa que haya un cambio de gobierno?

Como aún no estoy del todo a gusto en su presencia, me equivoco y contesto sin pensar:

—No que yo sepa.

Esboza una media sonrisa.

—¿No le corresponde a usted saberlo?

No puedo evitar reírme. No se le escapa una.

—En efecto —admito mirándola a los ojos—. Y no, no nos preocupa el resultado de las elecciones. Pero ¿qué clase de profesionales seríamos si no estableciéramos lazos con los principales partidos antes de la votación? —pregunto recalcando el «antes».

Irene sonríe con más ganas. Está claro que no es de las que se va por las ramas y le gusta la gente que habla claro y no insulta su inteligencia. Y esta mujer irradia inteligencia.

De pronto siento un calor que me perturba. Tengo los pezones de punta y hago todo lo posible para que no se me note lo que siento por ella. Nunca me han atraído las mujeres, pero su aura me cautiva. Intento trasladarle las preocupaciones y las expectativas de mis electores con sosiego y tranquilidad. Puede que representen la economía de la metrópoli y gran parte del Estado, pero estoy segura de que se desvanecerían bajo la atenta mirada y la media sonrisa de Irene la Magnífica. Con las manos apoyadas en el escritorio, escucha lo que tengo que decir sin mediar palabra. Cuanto más hablo, más siento que me atrapa, como si me atrajera hacia su órbita con solo respirar. Estoy acostumbrada a evaluar cómo reaccionan los hombres a mí y cómo reacciono yo a ellos. Pero con Irene me siento sobrepasada por las sensaciones. Me gustaría que me tomase y cubriera cada centímetro de mi piel con sus labios y sus manos. Me gustaría que me hiciera gozar y sabe Dios que me gustaría hacerla gozar a ella también.

Pronuncio mi discurso en el tono más profesional del mundo —o eso espero—. Lo he recitado cientos de veces ante los empresarios y estrategas políticos más importantes del planeta sin sentir ni un ápice de las emociones que me devoran ahora mismo. Me levanto ligeramente para entregarle los documentos que he traído conmigo. Nuestros dedos se tocan. Me recorre una descarga eléctrica y nos miramos a los ojos. Los suyos me escrutan. Creo que lo sabe. Sin embargo permanece impasible y yo me maldigo en todos los idiomas. Me dejo llevar porque me pagan por hacer un trabajo que no tiene nada que ver con los sentimientos que experimenten dos chiquillas. Por no hablar de que la comunidad empresarial a la que represento y el partido que dirige Irene podrían ser polos opuestos perfectamente.

Irene me invita a mirar el gráfico que ha dibujado y en el que se muestran los principales puntos económicos que abordará su candidato durante el debate que emitirán por televisión esta noche. Cuando me levanto para mirar el gráfico Irene se me acerca por detrás. De pronto me mete una mano por debajo de la chaqueta y me coge un pecho por encima de la blusa mientras posa los labios en mi cuello. Con la otra mano me levanta la falda. Giro la cabeza y veo que me mira fijamente. Me da un beso húmedo en el cuello y susurra:

—Me vuelves loca. ¡Me tienes hipnotizada! ¿Te apetece? —añade en tono casi de súplica.

¿Que si me apetece? Me saca casi una cabeza. Me pongo de puntillas y la beso en la boca. ¿Que yo tengo hipnotizada a esta bella criatura? Mientras me derrito por completo en sus brazos, cuela la mano entre mis bragas y me agarra la vagina ya húmeda. Sus caricias hacen que me estremezca. Casi grito cuando al instante me embarga un placer irresistible. Me corro al momento, de pie y en los brazos de Irene. Nunca había tenido un orgasmo tan rápido. Irene me mira sorprendida mientras me bajo la falda y las bragas. Estoy medio desnuda delante de ella. Me sigue mirando fijamente con esos preciosos ojos grises. Acerco su rostro al mío y la beso con pasión. La lleno de besos y le levanto la falda a la vez. Me agacho para quitarle las medias y las bragas y la estampo contra la mesa casi con rabia. Me mira con el mismo asombro y el mismo frenesí que siento yo. Me arrodillo y le lamo esas piernas tan largas y finas. Su piel pálida me invita a besarla. Lamo hasta el último centímetro de la cara interna de sus muslos mientras ella se deshace en suspiros. Entonces le lamo la vagina, le chupo los labios y le meto los dedos dentro. Irene no deja de dar respingos y arquea la espalda. Me estruja la cabeza con los muslos y me mete su sexo en la boca. Meto y saco los dedos al tiempo que le succiono el clítoris con suavidad, como si fuera el caramelo más delicioso del mundo. ¡Y vaya si lo es! Paso la lengua por el monte de los placeres variando la intensidad e Irene gime. Me agarra la cabeza con ambas dos manos, entierra los dedos en mi pelo y se pega a mí como si quisiera meterme dentro de ella, hasta que de repente, abrumada por las sensaciones, cede al goce.

Lamo sus fluidos con calma mientras espero a que se recupere. Entonces me toma de la mano y me lleva a un sofá que hay en un rincón. Me desabrocha la camisa y el sujetador y ve que tengo los pezones de punta. Me mira a los ojos y me besa con una mezcla de ternura y pasión.

Me tumba en el sofá y se cierne sobre mí. Se mete un pezón en la boca y muerde. Yo reprimo un gritito de excitación y placer. Irene chupa suavemente mis pechos, los colma de besos y me recorre el vientre con los labios mientras sigue el contorno de mis muslos con las manos.

Me mordisquea el interior con cuidado. Entonces me levanta las piernas, las separa para tener más espacio y, a su vez, me lame. Me contengo para no gritar mientras se ceba sobre todo con mi clítoris: lo chupa, lo lame y lo acaricia con la lengua. Me embarga un placer ardiente que Irene se encarga de aumentar al meterme los dedos. Con la otra mano me introduce un dedo en el ano y, en una tortura que me sabe a gloria, me lo mete y me lo saca ligeramente. Muerdo el cuero del sofá para no gritar y experimento un orgasmo tan fuerte que me deja aturdida.

Irene me mira pletórica. Veo sus pequeños pechos en forma de ópalo y me entran unas ganas locas de comérmelos. Me incorporo, le agarro su maravilloso culo redondo y cumplo mi deseo con uno de sus pezones puntiagudos que parece esperar solo a mis labios. Estamos las dos de rodillas en el sofá. Irene hunde los dedos en mi espalda. El escozor que me producen sus uñas al clavarse en mi piel hace que la desee aún más.

Nos besamos con frenesí mientras le metemos los dedos por la vagina a la otra para darle placer. Irene respira con dificultad y sus gemidos me excitan aún más. Me encanta que mis caricias la hagan temblar de gusto. Me encanta que se deje la piel para hacer que me corra y que se muera de ganas de ver cómo reacciono a sus movimientos.

Hacemos que la otra se corra estando pegadas y llegamos al orgasmo a la vez. Jadeamos en los brazos de la otra. Aún la deseo; me pasaría el día haciendo el amor con ella.

Pero de repente el teléfono decide irrumpir en nuestra realidad paralela y recordarnos que existe un mundo ahí fuera. ¡Porras! Es como pasar del color al blanco y negro en una milésima de segundo. Tal es la impresión.

Tras emitir un largo suspiro Irene decide descolgar y despacha al inoportuno que ha llamado con unas frases rápidas. Entonces vuelve conmigo y me mira. Me encanta sentir que soy el centro de su mundo. Me besa con ternura.

—Esta noche será el debate de los líderes. Ven al estudio. He reservado una salita para ver lo que pasa en el plató.

Asiento con la cabeza encantada de la vida y nos despedimos tras prometernos que volveremos a vernos pronto. Nadie se fija mucho en mí cuando salgo del despacho de Irene. He perdido la noción del tiempo; siento que llevamos horas juntas. En cambio el móvil me dice que he estado menos de una hora y que he cumplido con mi horario. No doy crédito.

Estoy ansiosa porque llegue esta noche. ¡Aún la deseo!

Pero por la tarde me reconcomen las dudas. Decir que me reconcomen quizá sea quedarse corta. ¿Cómo es posible que me haya cautivado una mujer de repente? ¿Que me haya cautivado tanto ella? ¿Será un desliz pasajero? ¿Cómo es posible que me haya soltado así en un contexto hipermegaprofesional? Una cosa está clara: mis jefes se quedarían perplejos si mi relación con Irene prosperase y fuera más que un flechazo.

Por la noche sigo en el mismo punto de mis cavilaciones e igual de confundida. Y más aún cuando reparo en lo mucho que la deseo. Me decanto por un conjunto más elegante y lo complemento con unas medias y unas ligas. No llevo ni bragas ni sujetador. Ya estoy mojada de pensar en que me voy a encontrar con Irene. Además, me he metido un consolador en el bolso para probar algo especial con ella.

Delante del estudio está el circo de cámaras, periodistas y guardaespaldas. Forman un tumulto febril. Dentro hay el mismo frenesí. Una marabunta de técnicos se pasea de acá para allá y se suman al caos. Miro a mi alrededor en busca de alguien que me indique dónde está la sala que Irene ha reservado para escuchar y analizar cómo se desarrolla el debate.

Empiezo a preguntarme si lograré encontrar a alguien que me ayude entre tanto trajín cuando alguien acude al rescate. Es uno de los guardias personales de Irene. Me reconoce de mi visita de esta mañana y está encantado de llevarme a la salita técnica que ha reservado su jefa.

La estancia dispone de sillones, un sofá enorme y varias pantallas; en ellas se ve el plató desde diferentes ángulos. A juzgar por la cantidad de pantallas, no falta ni una cámara. Eso será lo que le importa a Irene: valorar qué ángulos beneficiarán más a su protegido. Para cuando llego está de pie con los brazos cruzados, concentrada en las múltiples pantallas de la pared. Gira la cabeza cuando oye que se abre la puerta, y a mí me entran los calores al ver su sonrisa. Me tiende los brazos y yo corro a refugiarme en ellos.

Un beso largo enciende nuestro abrazo. Encuentro su lengua y la succiono. Sabe a frescor. El perfume que se ha puesto me embriaga. Le doy besitos por el cuello y suspiro cuando noto que me levanta la falda y me agarra el culo. Me acaricia los muslos y las nalgas mientras con la otra mano confirma que tampoco llevo sujetador. Se le acelera la respiración al descubrirlo. Me quita la blusa y la falda en un santiamén. Se aparta un momento para contemplarme y susurra:

—¿Tienes idea de lo mucho que te deseo?

Me río suavemente.

—Si se parece en algo a lo mucho que te deseo yo…

Acabo la frase metiéndome uno de sus senos en la boca. Suspira extasiada y se estremece ligeramente. Tampoco lleva sujetador; solo una especie de picardías de encaje debajo de la blusa. Le succiono el pezón entre suspiros, pues Irene me está tocando la vagina, recorre mis labios con delicadeza y suavemente me acaricia el clítoris, ya hinchado. Nos tumbamos en la alfombra del estudio, jadeantes, febriles y húmedas. Irene acerca el rostro a mi sexo, me besa los muslos, mordisquea la cara interna y finalmente me mete la lengua en la vagina. Grito de placer.

Desnudo a Irene: le quito la blusa, el picardías y la falda. Solo lleva un tanga debajo. Lo aparto sin problema y le lamo la vulva. Le introduzco la lengua en la vagina, lamo sus deliciosas paredes y la oigo gemir. Con sus dedos clavados en mis muslos y su boca en mi sexo dispuesta a darme todo el placer posible me esfuerzo por devolverle el favor.

Me mete un dedo en el ano con cuidado y por poco exploto. Me cuesta horrores no gritar cuando se mueve adelante y atrás y me pasa la lengua por el clítoris con diferentes intensidades. Me trago sus fluidos presa del éxtasis. Irene gime al mismo ritmo que yo. Me invade un fuego exquisito que me consume y hace que me corra entre sus muslos; amortiguo los gritos con su carne. Espoleada por mi orgasmo, se corre a su vez, temblando. Cambio de postura y abrazo a Irene y la beso en la cara. Poso los labios en esos párpados que protegen esos ojos tan maravillosos. A continuación recorro su cuerpo despacio y paso los labios por esos pechos tan pequeños y adorables y por sus pezones en punta. Sigo por su vientre cálido y terso. Su sexo húmedo y de labios delicados atrae mi boca como un imán. Sin embargo me estiro para coger mi bolso, que está por ahí tirado, y saco el consolador y un bote de lubricante. Irene abre los ojos con sorpresa y deseo.

—Se me ha ocurrido que podríamos probar esto —digo en voz baja mientras esbozo una sonrisita traviesa.

Irene no dice nada. Se gira, se pone a cuatro patas y me ofrece su sexo y su ano.

Beso sus nalgas redondas mientras le introduzco el ungüento en el ano. Ella suspira. A continuación le meto un dedo, y luego dos; así me aseguro de ensanchar la abertura de color nacarado. Le meto la lengua en el coño. Se esfuerza al máximo para no gritar. Entonces la penetro con el consolador mientras me restriego contra su sexo. Irene se remueve y se agita sin parar. Saco el consolador y se lo vuelvo a meter en el ano mientras le lamo los labios y el clítoris. Irene se deja llevar por el placer y yo pongo todo mi empeño en no despegar la boca de su sexo y mantener el ritmo con el consolador. Irene es presa de un orgasmo devastador y casi me ahogo con sus fluidos. La lamo con esmero hasta que se recupera.

Detrás las pantallas nos iluminan y la cadencia de las voces me indica que ha empezado el debate. Los políticos más importantes del país se lanzan pullitas destinadas a generar vídeos de diez segundos en los medios de comunicación y las redes sociales. Pero me trae sin cuidado. Además, creo que Irene ya sabe todo lo que van a decir.

Me mira con pasión y me besa con los dedos clavados en mi espalda. Su entusiasmo me excita aún más si cabe cuando con la otra mano me acaricia la vagina con pericia. Me mojo al instante. Irene se aparta un momento para coger su bolso y con una sonrisita me dice:

—Yo también he tenido la misma idea —dice en tono jocoso.

Para mi sorpresa, saca un consolador doble de ese bolso tan elegante y moderno. ¡Madre mía! Irene se las sabe todas. Me entusiasma la idea. Me pone delante de ella, me separa las piernas y me penetra con cuidado con el consolador. Qué sensación más agradable. Mi excitación crece a pasos agigantados cuando veo que se mete el consolador hasta la mitad y se pone a hacer movimientos lentos con la pelvis por encima del aparato de color negro. Me muevo adelante y atrás de tal forma que estimulo hasta la última célula de mi vagina. Cojo a Irene de las manos para darnos más apoyo y sentirla más. Se aferra a mis muñecas. Los movimientos de su pelvis junto con la silueta de sus pechos, cubiertos de una fina capa de sudor, hacen que la desee a más no poder. Me entra un calor abrasador. Sucumbo al orgasmo mordiéndome el labio. Los gritos reprimidos de Irene junto con sus frenéticos movimientos me indican que ella también ha llegado y que lo ha hecho con una fuerza casi brutal.

Nos quedamos quietas un momento. Entonces nos separamos y, serenas y felices, nos fundimos en un abrazo. Estoy casi satisfecha, pero tener a Irene tan cerca me mantiene en un estado de excitación constante. Se apoya en un codo para escuchar el debate.

—Al final parece que se las apaña bien solo —me susurra.

Me río.

—Estoy segura de que lo has preparado a la perfección.

De pronto se pone seria.

—Claudia —dice—. ¿Estás a gusto conmigo? ¿No estás incómoda? Lo pregunto porque en nuestro entorno no está bien visto que dos mujeres estén juntas.

Hago una mueca.

—Reconozco que me preocupaba, pero estoy feliz contigo. Eso sí, como mis respetables clientes se enteren…

—No darán saltos de alegría precisamente —acaba Irene por mí.

—Veo que lo has entendido.

Irene me mira. De pronto se le ilumina el rostro con una sonrisa burlona.

—Te propongo algo —dice. Habré puesto cara de intrigada total porque Irene se ríe antes de continuar—: Voy a necesitar una mano derecha después de las elecciones. Y tú eres con creces la más cualificada para el puesto.

Estoy fascinada.

—¡Eso sería estupendo!

Irene me besa.

—Bienvenida al equipo —susurra.

Me sonríe de nuevo. Me encanta esa sonrisa. Se pone a mirar las pantallas de rodillas un momento. Su espalda estrecha y de piel fina junto con sus glúteos redondos despiertan mi deseo otra vez. Le doy mordiscos en la nuca, en los hombros y en la espalda mientras le agarro los pechos con ambas manos. Le retuerzo los pezones con suavidad, atenta a los suspiros que emite Irene, velando por su placer.

Entonces se vuelve hacia mí y me besa con ternura en el pecho.

—Te debo mucho placer y pienso dártelo —me susurra al oído.

Me besa con fervor mientras me acaricia los muslos y las nalgas. Entonces, con cuidado, me pone a cuatro patas y toma mi consolador. Estoy mojada solo de pensar en lo que voy a disfrutar. Me besa en los muslos y las nalgas y me pone lubricante en el ano mientras lo dilata con los dedos. Me muerdo el antebrazo para ahogar mis gritos de placer.

Entonces me mete el consolador en el ano y la lengua en la vagina sin despegar los labios de mi sexo. Entre la agradable sensación que me provoca el movimiento del consolador y las caricias de su lengua, estoy mojadísima y me embarga un placer que crece más y más con cada gesto de Irene. La sensación es tan fuerte que a mí también me asalta un orgasmo devastador. Irene se encarga de calmarme con caricias suaves y lametones en los muslos.

Me acurruco en sus brazos, aún temblando de satisfacción. Su cuerpo cálido está pegado al mío y nuestras prendas, diseminadas por la alfombra, son la prueba de que hemos retozado. Todos necesitamos un pedacito de cielo, un pequeño oasis de felicidad que nos nutra y nos dé la energía para vivir y seguir adelante. Yo ya he encontrado el mío, y pienso conservarlo. Y a juzgar por cómo me abraza Irene, diría que tiene el mismo propósito.

Una cocina caliente

A las 11 de la noche el restaurante sigue lleno, los clientes son bulliciosos y los camareros están abrumados. Yo voy corriendo de aquí para allá entre la recepción, la cocina y las mesas de los clientes habituales a los que tengo que saludar, lo cual hago de buena gana a pesar del estrés y el cansancio ya que, sin ellos, el restaurante no saldría adelante. Un camarero se acerca para susurrarme al oído.

—Inés, Lina ya no puede más en la cocina.

Lina es la segunda al mando en la cocina. Aunque tiene mucho talento, es demasiado joven para dirigir la cocina de un restaurante de alta gama. Solo la nombré cocinera jefa de repente y de manera provisional porque mi chef de siempre se fue de sopetón y me dejó en un aprieto.

Mañana debo entrevistar a varios candidatos para sustituirla, pero hoy tenemos que sobrevivir hasta que cerremos. El restaurante debería empezar a calmarse a estas horas y Lina ha mantenido el tipo hasta ahora. Me la encuentro desplomada en un taburete cerca de la estufa llorando. Los cocineros a su alrededor no saben qué hacer.

—No puedo más, Inés —solloza Lina—. Hay un cliente que acaba de devolvernos un plato porque le ha parecido demasiado mediocre.

Sé a qué cliente se refiere: se especializa, con gran placer, en aterrorizar a los restaurantes de la ciudad criticando todo y de nada. Siempre hay tipos como él y lo primero que hay que hacer es pedirles a todos que vuelvan a sus puestos. Nos mantenemos a flote: vuelve a haber una capitana al mando. A continuación, consuelo a Lina lo mejor que puedo recordándole que es una chef excelente, que las entrevistas empezarán mañana y que pronto podrá volver a respirar. Finalmente, me pongo un delantal. No tengo el talento de Lina, pero durante otra hora más puedo fingirlo.

Todo va más o menos como había planeado y, hacia la una de la madrugada, finalmente cerramos el restaurante. Una hora después, dejamos la cocina limpia y ordenada. En cuanto al salón, tendrá que esperar al turno de los camareros por la tarde. Todo el mundo se marcha y me fumo el cigarrillo del día mientras me tomo una copa de vino bajo el aire templado de mayo. Oigo las pisadas de unos tacones altos que se acercan.

—Muchas felicidades, Inés, ¡has sobrevivido!

Es Claudia, una clienta habitual del restaurante desde hace tiempo. Cocina de maravilla y su apartamento es una especie de palacete, pero suele reservar mesa en mi restaurante con frecuencia con sus amistades y contactos para apoyarme y porque, como dice ella misma, «es una gran admiradora».

Además, también le gusta mi figura, lo que nunca está de más. Nos conocimos desde que abrí el restaurante y solemos tener relaciones sexuales «amistosas» de vez en cuando, sobre todo cuando una de nosotras está soltera o cuando ambas lo estamos. Ahora mismo, ese es mi caso, ya que me casé con mi restaurante hace dos años. Una no puede trabajar dieciséis horas al día, siete días a la semana, y esperar tener una vida romántica que no exista solo en su cabeza.

Claudia lleva una falda elegante y una camisa de seda bajo una chaqueta chic. Al igual que yo, ronda el final de la treintena y es de estatura media, pero con un rostro totalmente angelical, enmarcado por un flequillo de color rubio, y tiene una delantera que atrae todas las miradas. Yo no estoy nada mal, pero no soy tan espectacular: soy algo más apocada, delgada y pequeña.

Claudia me quita el cigarrillo de los dedos para encender el suyo. Me mira con un aire crítico a la vez que preocupado.

—¿Cómo te ha ido? —me pregunta tras dar una calada.

Estoy apoyada contra la pared, con el vaso en una mano y el cigarrillo en la otra y no me parezco en nada a la restauradora rozagante y dinámica que los clientes ven pasar.

—Uf... Salimos del apuro, pero por poco. —Le doy una calada al cigarrillo antes de concluir—: Me vendría muy bien que las entrevistas de mañana fueran productivas. Si no puedo encontrar a un chef, Lina lo dejará y voy a tener que echar el cierre.

Claudia se apoya a mi lado contra la pared con ademán desenfadado. Eso no le vendrá nada bien a su chaqueta, pero tiene suficiente dinero como para que le importe un pepino y, además, suele decir: «No me gustan los pequeños detalles, solo los grandes». Me mira con preocupación.

—¡Vaya tela, qué mal pinta la cosa! ¿Crees que lograrás encontrar a alguien?

—No me queda otra —le respondo taciturna—. Espero que los cazatalentos hayan hecho un buen trabajo. Al menos, su lista de candidatos promete.

Claudia se inclina hacia mí y me besa el cuello con delicadeza.

—Mejor así: si empiezas bien, tendrás más posibilidades de encontrar a alguien adecuado.

La tomo de la mano y apoyo la cabeza en su hombro. Esta noche necesito que me consuelen como nunca. Claudia me agarra la mano, la sube y le pega contra la suya en mi pecho al tiempo que me besa los cabellos. Me desabrocha un botón con los dedos y, luego, otros dos y tres para deslizar la mano bajo mi camisa y agarrarme un pecho bajo el sujetador. Con su caricia tan suave se me escapa un suspiro. Los círculos que realiza despacio con la punta de los dedos alrededor de mi pezón hacen que me olvide de los problemas de la noche. Vuelvo a alzar la cabeza y unimos los labios. Le chupo la lengua y le mordisqueo la boca suavemente: sabe un poco a tabaco, lo cual me agrada.

Claudia me acaricia con más intensidad, me sube la camisa y usa ambas manos para realizar círculos alrededor de mis pechos mientras me cubre el cuello de besos húmedos y yo suspiro cada vez más, embriagada por un fervor que casi había olvidado que podía ser tan intenso y atractivo. Claudia me desabrocha la camisa por completo junto al sujetador. Me besa los pechos, que han quedado al descubierto, me sube la falda, me mete la mano en las bragas mojadas y me acaricia el sexo a través del tejido. Ahogo un grito, con la boca en su cuello y aferrada a su espalda. Me mete los dedos bajo las bragas y los mueve alrededor de los labios antes de penetrarme. Invadida y aturdida por olas de placer, dejo caer el vaso, que se rompe, mientras le muerdo el cuello a Claudia y le acaricio las nalgas a través del tejido de la falda. Ella sigue chupándome los pezones, pasando de uno a otro mientras mete y saca los dedos hasta que no puedo más y me corro en sus brazos.

Claudia me colma de besos tiernos por el cuello y el rostro mientras me recupero y le quito la camisa al tiempo que le desabrocho el sujetador. Sus enormes y duros pechos quedan expuestos frente a mis manos y mis labios y no me privo. Le lamo y mordisqueo el vientre sedoso antes de arrodillarme ante ella. Le subo la falda y le bajo las bragas para que se las quite, y así lo hace con el pie mientras sus ojos brillan. Le beso las piernas y voy subiendo por sus muslos hasta su sexo húmedo y le meto los dedos antes de pasarle los labios. Claudia gime y se retuerce, devorada por las sensaciones que le provocan mis caricias. Pego los labios a su sexo y le paso la lengua por el clítoris mientras le meto los dedos en la vagina y acaricio todo lo que puedo. Modulo la presión que hago con la lengua en su clítoris para darle a Claudia el mayor placer posible y llega al orgasmo en mi boca, pegada a mí, con las manos hundidas en mi melena.

La lamo y me vuelvo a poner en pie, algo sacudida por ese torbellino de sensaciones. Beso a Claudia con dulzura y le murmuro al oído:

—Has conseguido que me olvidase de todos los problemas de la noche.

Ella se ríe en voz baja antes de añadir, con un tono travieso:

—El placer ha sido mío, guapa.

Más tarde, con un tono más serio y tras colocarse la ropa y haber compartido conmigo las hipótesis sobre el tipo de chef que encontraré, añade:

—Mucha mierda para mañana, guapa.

Sí, mañana voy a necesitarla.

Al día siguiente las entrevistas empiezan a las 10 de la mañana. Los cazatalentos han seleccionado a cinco candidatos: tres hombres y dos mujeres. Necesito a alguien que tenga experiencia, una notoriedad suficiente para satisfacer la reputación de mi restaurante y un ego, digamos, no demasiado voluminoso y que pueda quedarse dos o tres años al mando de la cocina, mientras Lina adquiere la experiencia que necesita para asumir de forma permanente el papel de jefa de cocina. Por lo tanto, lo ideal sería un candidato al que mi restaurante vaya a servirle de trampolín para luego acceder a la flor y nata de los grandes restaurantes del mundo. Son unos requisitos muy específicos para los cazatalentos, pero, sobre el papel, parece que han encontrado perfiles muy pertinentes.

Después de tres horas y una primera ronda de entrevistas con todos los candidatos, reduzco la lista a dos de ellos: un hombre y una mujer. El hombre se llama Andréi Baramantès, es guapo, alto y seductor. Casi lo elimino porque temo que el hecho de que me atrae me nuble el juicio, pero me recompongo rápidamente. El futuro de mi restaurante prevalece ante cualquier otra consideración. Este Andréi pasa todas las etapas de las entrevistas con gran éxito y finalmente mi elección recae en él. Con un talento así, me da la impresión de que tiene suficiente confianza en sí mismo como para no sentir que compite conmigo y que es lo bastante respetuoso como para no creerse el propietario del lugar. En resumen, ni mucho ni muy poco: es justo lo que necesito.

Por la tarde le llamo para comunicarle que es el elegido. Parece encantado de la vida y se presenta en el restaurante al comienzo de la noche, exactamente a la hora estipulada, ni más temprano ni más tarde, lo cual me gusta.

El estrés de la cocina de un restaurante a máxima capacidad revela la verdadera naturaleza de cualquiera y pronto sabré quién es el verdadero Andréi, pero por ahora parece un perfecto caballero, en control, cálido pero firme y sin una pizca de arrogancia o pretensión. Al equipo parece gustarle, lo que puede ser tanto bueno como malo, pero su iniciación se complica. Se entregan platos con retraso, algunos camareros se equivocan de pedido y Andréi no solamente debe adaptarse enseguida, sino que también debe improvisar, lo que no suele casar con el carácter de todos los chefs. Al final de la noche, no se ha ganado solo el respeto de todos, incluyendo el mío, que soy la jefa, sino también la admiración del personal de cocina. No ha perdido los estribos ni una sola vez y ni siquiera ha levantado la voz, fuesen cuales fuesen las circunstancias. Solo ha lanzado alguna que otra mirada penetrante. Por lo demás, ha utilizado un tono tranquilo para todo y ha dado instrucciones precisas, un método de trabajo concreto que todos han entendido rápidamente y una rara capacidad de reacción ante lo imprevisible.

Creo que me he encontrado con una perla y estoy absolutamente encantada.

Tras terminar la jornada laboral, antes de que se marche le pregunto si puede llegar más temprano el día siguiente para preparar un espectáculo que han pedido con motivo de la boda de uno de nuestros clientes más leales. Él asiente con una sonrisa que me enciende una bola de calor en el estómago y entre los muslos. Había centrado toda la atención en su efectividad, pero ahora que estoy tranquila sobre ese aspecto, debo admitir que su belleza y encanto fervorosos y sencillos me encantan.

Andréi llega a la hora prevista por la tarde. Decido echarle una mano para que todo el personal, y sobre todo Lina, pueda tomarse un descanso bien merecido. Trabajamos mano a mano durante varios minutos intercambiando comentarios divertidos y vuelvo a darme cuenta de lo atractivo que es. Lo felicito por la precisión de sus técnicas y me mira con una sonrisa modesta y unos ojos, digamos, interesados. Siento que una especie de alquimia se está formando entre nosotros dos. Hace mucho tiempo que no me sentía tan atraída por un hombre. Al fin y al cabo, en mi situación debo admitir que hace mucho tiempo que no conocía a un hombre para empezar. Me gusta mucho este, pero no solo soy su jefa, sino que también es la parte esencial de mi restaurante. Sin él, nada podría funcionar, así que debería andarme con cuidado. Lo mejor será que mantenga una distancia saludable... Al menos eso es lo que me digo a mí misma hasta que nos rozamos los hombros y las manos accidentalmente. Me falta el aire y concentro toda mi energía en intentar ocultar mi turbación.

En un momento dado, seguramente a raíz de los nervios, derramo algo de crema por la mesa y suelto una palabrota. De hecho, suelo decir tacos, pero no delante de mis empleados. Me disculpo ante Andréi, pero él me ofrece una sonrisa que dice «todo irá bien» que es como la que también muestra a los empleados en los momentos de estrés. Y su receta también funciona conmigo: de repente, me siento mejor. Le sonrío y

Andréi me coloca la mano en el hombro suavemente mientras me mira a los ojos.

—Llevar un restaurante no es tarea fácil, igual que ser jefe de cocina. Son trabajos que generan mucho estrés.

El roce de su mano hace que me estremezca ligeramente. Al menos su presencia hace que me olvide de todo el estrés. Nos miramos durante unos momentos y, luego, me acerco hacia él imperceptiblemente hasta tocarlo. Con una caricia ligera, me roza la mejilla con la punta de los dedos. Me pongo de puntillas, nuestros labios se unen y me mete la lengua en la boca. Intercambiamos un largo beso que se vuelve cada vez más ardiente. Andréi coloca las manos en mis nalgas y me las acaricia a través del tejido de la ropa mientras suspiro. Le levanto la camisa para acariciarle el torso musculoso y al rozar su piel me acaloro.

Me besa el cuello, me desabrocha uno de los botones de delante del vestido y me lo quita por las caderas antes de cubrirme los hombros y el vientre de besos. A continuación, me quita el sujetador y lo deja caer al suelo. Me agarra los pechos con sus grandes manos como si fuesen de una porcelana preciosa y los acaricia suavemente mientras pasa los dedos por mis pezones erguidos.

La excitación me devora y siento cómo me caliento primero y luego ardo cada vez más a medida que sigue acariciándome y besándome. Andréi me quita el vestido junto con las bragas y me acaricia las nalgas, los muslos y la espalda mientras cada célula de mi cuerpo vibra. Le meto la mano en la cremallera y noto su pene en forma de un gran bulto. Rápidamente lo libero de su caparazón de tela y acaricio la columna ancha, suave y sedosa. Entonces agarro firmemente el miembro hinchado y subo y bajo por él con la mano. Andréi suspira, con la respiración entrecortada y acelerada y gruñe de placer, lo que me excita aún más.

De un solo gesto, me agarra, me sube desnuda a la barra y me besa con fervor mientras con las dos manos me explora toda la geografía del cuerpo. Lo deseo tanto que es casi insoportable. Le agarro el pene y me lo introduzco despacio. Al notar el miembro duro en el vientre me recorre una descarga eléctrica y arqueo la espalda. Rodeo a Andréi por la cintura con las piernas y él se pega contra mí, con sus grandes manos bajo mis nalgas. Me levanta ligeramente de la mesa mientras se hunde en mí más y más y yo grito de placer al ritmo de sus movimientos. Me invaden al mismo tiempo una especie de excitación y éxtasis que hacen que me sienta libre a causa del inmenso placer que crece dentro de mí y que hace que me olvide de todas mis preocupaciones. Hundo las uñas en la piel de Andréi, que emite gemidos guturales y gruñe como un animal salvaje, mientras llego al clímax de mi excitación. Estallo en un orgasmo mientras muevo las caderas para sentirlo más adentro y hacer que se corra él a su vez.

Le beso y le lamo el cuello y el pecho atlético: ¡mi cocinero está en forma! Me dejo caer al suelo y le quito el pantalón. Paso mis manos por sus muslos firmes y sus nalgas musculosas y no puedo evitar mordérselas. Andréi se ríe suavemente e intenta volver a acercarme a él, pero no he terminado. Le agarro el miembro con la mano y este vuelve a erguirse vigorosamente. A continuación, con un ademán travieso, tomo algo de nata montada de un cuenco y se la unto en el pene. Andréi se queda tan sorprendido como encantado y le crece la erección todavía más, tras lo cual yo la lamo como si se tratase de un helado.

Siento que Andréi se estremece y su cuerpo está cada vez más sensible por la deliciosa tortura a la que lo estoy sometiendo. Lamo todo el miembro y luego me lo meto en la boca. Subo y bajo por él rodeándolo con los labios, como si se lo chupase con la boca muy abierta, y me aseguro de ejercer presión sobre la cabeza con cada movimiento. Mi adorable cocinero gime y gruñe, abrumado por el placer. Sigo subiendo y bajando por su sexo hasta que Andréi se corre.

Me vuelve a poner de pie y me besa con pasión. Vuelve a tomarme en sus brazos y me tumba sobre la mesa, dejando mi sexo expuesto ante él para sus atenciones. Toma una botella de sirope y la vierte por mis pechos y vientre y acerca el cuello de la botella hacia mis muslos y me los moja antes de verter más sirope por mi entrepierna. Su idea me excita y me vuelve loca y se me escapan varios grititos mientras lo hace. Entonces Andréi empieza a lamerme por completo, desde los pechos hasta los muslos. Me devora con la boca despacio y el roce de sus labios con mi piel hace que gima de placer. Cuando me lame la cara interna de los muslos, me mete los dedos en la vagina y yo ardo de deseo, entregada por completo a su voluntad y al éxtasis que me provoca. Con la lengua como una serpiente ágil, se desliza por mis labios mientras los chupa con suavidad y luego por mi clítoris, modulando la presión con delicadeza, como si degustara un plato excepcional y exquisito. Gimo y grito sin cesar, invadida por sensaciones deleitosas e intensas que me controlan por completo. Le grito a Andréi:

—¡Tómame!

Finalmente, entra dentro de mí. Su dura erección me llena y me inflama mientras los suculentos envites aumentan y Andréi se hunde en mi piel cada vez más. Me deshago en el placer al mismo tiempo que él. Ambos anclados al otro, vibramos juntos y me corro casi gritando al mismo tiempo que él, que suelta una especie de rugido que me encanta.

Volvemos a vestirnos con dificultad, dándonos prisa. Los empleados llegarán pronto y todavía no hemos montado el espectáculo, por no mencionar que debemos limpiarlo todo. Durante unos instantes, pienso que podría cerrar el restaurante por baja por enfermedad, pues se podría decir que estoy enferma, porque deseo a Andréi tanto que me duele. Por su forma febril de besarme y tocarme, supongo que a él le pasa lo mismo, pero, como buenos soldados, acordamos volver a encontrarnos después del cierre y, hasta entonces, fingir que no ha pasado nada.

El restaurante está ahí, como un barco que espera zarpar para la velada, y en las horas siguientes le dedicamos a él y a sus invitados toda nuestra atención. Termina siendo una noche mucho más fácil de lo que pensaba y me siento serena y feliz. En la cocina se respira un ambiente casi de entusiasmo: todos trabajan con alegría y parece que esa felicidad se transmite por el aire y llega a los clientes. Casi nunca había visto una sala con una atmósfera tan agradable y, todo sea dicho, amena. Batimos nuestro récord de propinas y, para cuando cerramos las puertas al público, el personal limpia la cocina a gran velocidad y todos se marchan contentos.

Nos quedamos Andréi y yo a solas. Él me sonríe:

—Dime, Inés, ¿soy yo o ha habido un ambiente especial esta noche?

—No, no te lo has imaginado... —le respondo entre risas—. Yo hacía tanto tiempo que no me sentía tan feliz y serena... Ya ni me acuerdo de cuándo fue la última vez que me sentí así.

Me mira algo absorto y se le dibuja una pequeña sonrisa en esos labios que adoro besar.

—Tienes razón. Yo también me siento... ¿Cómo lo diría...? ¿Podría describirlo diciendo «feliz»? —añade vacilando de un modo tierno e irónico al mismo tiempo. Vuelvo a reírme.

—Voto por esa idea. Es contagiosa. Tal vez sea porque traes una magia peculiar.

Él se acerca a mí y me rodea de la cintura.

—Tú eres la magia, Inés. Tú eres quien brilla.

—Entonces somos los dos —le murmuro—. ¡Qué suerte que estemos ambos aquí!

—Exacto —resuella él antes de besarme.

Se ha pasado toda la noche probando los platos, lo que hace que yo pueda degustarlos también en sus labios. En un abrir y cerrar de ojos estoy toda mojada, excitada y deseosa de sentirlo dentro de mí. Le desabrocho la camisa y le acaricio el pecho antes de pasar los labios y la lengua por su piel desnuda. A continuación me inclino, le quito los pantalones y los calzoncillos y le beso las piernas y los muslos antes de subir hacia su pene erecto y duro que atrae a mis labios. Lo recorro con la lengua y lo vuelvo a lamer mientras Andréi gime en voz baja. Se arrodilla frente a mí y me besa. Mueve los dedos por mi vestido y me quedo desnuda en un abrir y cerrar de ojos. Él también me degusta. Me saborea con sus labios, me mordisquea con los dientes, pasa la lengua por mi piel y me provoca deleitosas sensaciones inimaginables. Me acaricia el sexo, encuentra mi clítoris y toca una hábil partitura delicadamente por toda la superficie del pequeño monte hinchado.

Suelto pequeños gritos de placer y Andréi gruñe, invadido cada vez más por el deseo. Le vuelvo a suplicar que me la meta y él me concede ese deseo. La columna de carne sedosa me penetra el vientre y me llena de un éxtasis que crece a medida que sale y entra de mi vagina, haciendo que me tiemble cada célula por el placer. Hundo las uñas en los hombros de Andréi y él parece excitarse aún más. Aumenta el ritmo y se corre dentro de mí con un impulso casi brutal. Al sentir su fiebre junto a la mía, me dejo llevar y llego al orgasmo; un orgasmo arrollador que me quita el aliento.

Andréi me toma con suavidad entre sus brazos y me coloca sobre la mesa con delicadeza. Luego, se dirige a la nevera y saca unos platos para traerlos con una sonrisa traviesa que hace que me estremezca de deseo. Saca pequeños trozos de carne que pone encima de mí despacio y comienza a comérselos mientras me lame profusamente. Luego agarra el sirope de chocolate que se usa para los profiteroles y me unta el sexo con él. Suspiro solo pensando en lo que está por venir. Lenta y tiernamente, me degusta y mueve los labios y la lengua por toda la superficie de mi sexo mientras me colma los labios y el clítoris de caricias. Grito sin parar y apenas puedo resistir las olas de placer que me invaden, una tras otra. Pero Andréi tiene más ideas en mente.

Vuelve a tomarme en brazos y me coloca en el suelo a cuatro patas, dejando mi sexo y ano expuestos ante él. Me mete nata montada en el ano despacio y, luego, introduce dedos y grito del placer. A continuación, siento como me penetra con su erección mientras me estimula el clítoris hinchado con la mano. Él también está abrumado de excitación. Tras varios segundos de deleite, me dejo llevar por un orgasmo y Andréi llega al clímax también.

No hay más que decir: creo que la cocina de este restaurante no volverá a ser la misma. Con un golpe de suerte se me resolvió el problema del celibato y el de encontrar a un jefe de cocina. Se puede decir que estoy bien servida gracias al azar.

La alquimia de los cuerpos

Milena tiene un pie en las ciencias y el otro en el arte. A lo largo de los años de sus afanosos estudios, que la han llevado a graduarse recientemente de un máster en Química, Milena se dedicó a abastecer a sus amigos de la infancia, convertidos en artistas, de drogas recreativas caseras para sus estrenos, inauguraciones, espectáculos, etc.

La apodada «hada de la química» y «hechicera de las fiestas» utilizó los fondos que recaudó para costearse los estudios y financiar extensamente las organizaciones benéficas de su alrededor que prestan ayuda a los más desfavorecidos de nuestra sociedad.

La veta artística de Milena se manifiesta a través de su gran curiosidad y un deseo insaciable de inventar simplemente por el placer de hacerlo. Se especializó en el ensamblaje molecular para crear drogas absolutamente legales que siempre van una generación por delante de los cambios implementados en la lista de sustancias prohibidas.

Rara vez ha utilizado sus propios productos, ya que, a pesar de ser una invitada habitual de los eventos más de moda, no necesita mucho en lo relativo al hedonismo. Le suele bastar con trabajar y crear, excepto por esta noche: Bianca, la reina de las organizadoras de fiestas que congregan a los mejores artistas y a los más fiesteros de la ciudad, le ha suplicado que vaya a su próximo evento, que tendrá lugar en una hora. Bianca es una de las mejores amigas de Milena y la primera persona con la que la joven química se puso en contacto tras haberse graduado del máster. Aunque su apodo de «hada» se haya difundido por todas partes entre los círculos de moda, Milena ha pasado los últimos años casi sola en su laboratorio y en las aulas de los seminarios. Su dedicación tiene un precio, pero esta noche quiere pasarlo en grande. Anhela fervientemente que la toquen y la acaricien y ser amada, aunque sea solo durante la velada. Su fantasía sexual sigue siendo el apuesto Eric, al que conoció en el colegio y que se convirtió en una de las personalidades favoritas del mundillo artístico. Lo volvió a ver brevemente hace unos meses: estaba rodeado de admiradores y, sobre todo, de admiradoras. Como poeta moderno y DJ, gana una pequeña fortuna ambientando fiestas y suele aparecer en la televisión y varios otros medios de comunicación con frecuencia. La última vez que se vieron se tomó el tiempo de saludarla, pero Milena se sintió intimidada y para nada a la altura de su presencia. No es que den galardones oficiales por inventar drogas recreativas precisamente…

No obstante, Milena es preciosa: tiene veinticinco años, el cabello largo y castaño, unos impresionantes ojos de color avellana y una boca con unos labios carnosos que le otorgan un brillo distintivo cuando sonríe. Tiene un aspecto atlético, con piernas largas y unos pechos pequeños y respingones. Emana una sensualidad particular que atrae tanto a los hombres como a las mujeres, lo que a Milena le viene como un guante, pero el apuesto Eric ocupa el primer puesto en su lista de fantasías. En primer lugar, porque para la joven la inteligencia y la sensibilidad son requisitos de belleza y, en segundo lugar, porque el poeta tiene unos ojos extraordinarios de un tono violáceo, un pelo rubio veneciano y una mandíbula cuadrada que a Milena le encantan. Como si no bastara con eso para admirarlo, además sus obras son tan cautivadoras como elegantes.

«En resumen, por desgracia no soy más que una fan entre muchas otras», piensa Milena. A pesar de eso, tiene la firme intención de responder que asistirá a la invitación de Bianca. El lugar seleccionado para la fiesta será una sorpresa. Treinta minutos antes de que empiece, Milena debería recibir un SMS que le indique a dónde ir y cómo llegar allí. Los mensajes de texto hacen las veces de tarjetas de invitación. Bianca adora escoger lugares inusuales en los que hace que instalen las estructuras y el material necesarios en un santiamén y que luego se lo vuelvan a llevar todo. A pesar de su imagen desenfadada, también presta gran atención a los detalles y, especialmente, a la seguridad de los invitados, lo que Milena aprecia mucho.

Se prepara ante el espejo y se viste con unos pantalones vaqueros que le realzan las piernas junto con un top de látex de color rojo que se ciñe perfectamente a su estómago y sus pechos. Luego, se pone una cazadora de cuero y un sombrero de fieltro que le da un toque procaz.

Para cuando recibe el famoso mensaje de texto de Bianca en el teléfono, está lista.

Sale del apartamento, excitada por la idea de la fiesta y por las ganas de dejarse llevar al fin, aunque también algo nerviosa por cómo serán el lugar y el ambiente y, claro está, por quién estará allí. Sabe que con Bianca allí va a ser imposible aburrirse, pero preferiría estar en terreno conocido para su primera salida en mucho tiempo.

Tras tomar dos líneas de metro y andar un poco, llega ante unas puertas metálicas por las que se puede entreoír música electrónica y vigiladas por una pequeña brigada de porteros de hombros anchos. Al abrirse, las puertas conducen directamente a un gran terreno de césped y Milena se pregunta en qué tipo de lugar está a punto de meter los pies. Camina por un pasillo un rato y llega a un gran espacio subterráneo: es la cueva más inmensa que haya visto o imaginado jamás.

El sitio es un viejo tanque de agua municipal que dejó de utilizarse. Sus varias filas de altas columnas de hormigón recuerdan a los templos del antiguo Egipto y Bianca se ha valido de su talento para montar fiestas para aprovechar el potencial del lugar. En todas las paredes se proyectan obras rupestres y frescos de la Creta de Cnosos o del antiguo Egipto reinterpretados por artistas contemporáneos. El efecto que crean en el hormigón es muy impactante y la música enaltece el ambiente. La sala ya está repleta de una multitud que baila y Bianca está tan maravillada como impaciente por unirse a la fiesta. Frente a las vallas metálicas de la entrada a la sala se amontonan invitados ansiosos y Milena, que conoce a su público, constata que ha dado en el clavo al escoger el látex, que ocupa un lugar de honor esta noche.

Al otro lado de las barreras, una amiga suya, Nadia, guía a la gente hacia el guardarropa y el bar. Va vestida enteramente de látex y Milena siente un deseo irresistible de acariciarla.

Nadia la recibe con una gran sonrisa.

—¡Milena, por fin has venido! ¡Qué sorpresa tan maravillosa que nos das! —Nadia pasa la mano por el pecho de la joven embelesada—. Estás para comerte, guapa.

Le da un beso largo a Milena, para sorpresa de la joven, que disfruta de él. La lengua de Nadia se desliza por la suya y nota cómo unos dedos le presionan el sexo. A su vez, ella rodea la cintura de Nadia con los brazos y le acaricia el culo mientras la gente pasa a su alrededor, divirtiéndose o indiferentes. Nadia es la primera en soltarse.

—Tengo que volver a mi puesto, *bella*. ¿Pero tal vez pueda volver a verte más tarde cuando esté libre? ¡Pásatelo bien! —le dice guiñándole un ojo.

La bienvenida de Nadia infunde en la joven química una dosis suplementaria de sensualidad y un intenso deseo de hacer el amor. Por toda la sala circulan sus drogas recreativas y ella ha traído más para su consumo personal. Pronto se encuentra en un estado de esparcimiento y liberada de inhibiciones. Quiere que la acaricien y la estrechen y estar pegada a cuerpos que la colmen de afecto y la toquen.

La muchedumbre es densa y la música hipnotizante: Milena está encantada. De repente, oye que alguien la llama. Se da la vuelta y ve llegar a Bianca con Craig, uno de sus amantes, tras ella. Va vestida de látex de pies a cabeza y, hablando de cabezas, todas las de su alrededor se giran para mirarla a su paso. El tejido se ciñe a su voluptuosa figura y, como ha bajado la cremallera que le cierra el corpiño, le queda un escote arrebatador. Bianca abraza a la joven y la estrecha con entusiasmo antes de ponerse a acariciarle las curvas. Ambas se contonean con una lentitud sensual y dejan que sus manos se expresen durante un buen rato antes de que la organizadora se aparte con dificultad para hacer las presentaciones:

—Milena, este es Craig, mi diseñador técnico, que me sigue por todas partes —dice, señalando y comiéndose con los ojos al musculado y sonriente hombre, que podría ser modelo en cualquier desfile de moda masculino.

A Milena le impresiona su físico: tiene una figura espléndida, con unas caderas estrechas y el rostro de un dios griego. Además, el látex abultado indica que tiene un pene más que notable, duro e hinchado.

—¿Qué te parece el lugar? —le pregunta Bianca a Milena.

—¡Es absolutamente fantástico! —responde Milena mientras Bianca le acaricia el culo—. ¡Parece que hayamos viajado en el tiempo!

—Me alegra que te guste el concepto —dice Bianca mientras le besa el cuello.

Mientras hablan y bailan, Bianca y Craig se llevan a Milena a una alcoba privada que les ofrece una vista de toda la sala al tiempo que los esconde de las miradas. Bianca besa a la joven mientras Craig le rodea el trasero con las manos y, luego, le acaricia las largas piernas antes de palparle los pechos y masajearlos con delicadeza a través del tejido elástico. Ante el afecto y las caricias con que la colman esas dos maravillosas personas, Milena se encuentra inmersa en una euforia suave y sensual. Le baja la cremallera a Bianca dejando al descubierto sus pechos grandes y redondos y los repasa con sus finos dedos. Mientras tanto, Craig desabrocha el cinturón y la cremallera del pantalón de la joven y desliza las manos bajo el látex. Acaricia el suave vientre y el sexo de Milena mientras Bianca le cubre el cuello de besos largos. Milena suspira, dejándose llevar por un éxtasis cada vez mayor. Bianca se arrodilla sonriendo y, despacio, le baja el pantalón y luego las bragas a la joven mientras mantiene la mirada fija en la de Milena, que se estremece por la excitación.

Bianca le repasa los muslos con la lengua y Milena gime mientras las manos de Craig no le dan tregua. La organizadora mete la lengua en el interior tierno de Milena y lame toda su superficie con delicadeza antes de penetrarla y acariciar las paredes lo más lejos que puede. Luego, se ensaña de manera deleitosa con su clítoris modulando la presión que ejerce con los labios y la boca. Al mismo tiempo, Bianca se acaricia a sí misma a través del látex. Milena se deja llevar por las maravillosas atenciones que crean en ella un torbellino de exquisitas sensaciones. A su vez, Craig se introduce lentamente en ella y la sodomiza mientras que la lengua de Bianca se mueve por su sexo. Milena grita de placer y sus gritos se pierden entre la música y las exclamaciones de la muchedumbre que alucina tranquilamente. Craig se corre dentro de ella y Milena llega al orgasmo en unos fuegos artificiales de sensaciones extáticas. Su cuerpo nunca había sido objeto de tantas atenciones.

A su vez, ella se inclina hacia Bianca y la besa con una sensualidad renovada, con todos los sentidos amplificados. Desnuda a su compañera hasta dejarle el sexo al descubierto mientras Craig muerde los hombros y la espalda de la organizadora. Milena se desliza bajo Bianca y, a su vez, le lame el sexo, le cubre los labios con la lengua y da vueltas por su clítoris una y otra vez mientras que su amiga se pone a gemir y gritar. Se tumba sobre Milena y envuelve el sexo de la joven con los labios mientras Craig la penetra por el ano con su pene erecto y duro. Milena se ve invadida por un torbellino de sensaciones deleitosas mientras la boca experta de Bianca saborea cada milímetro de su interior. Siente como una ola de placer crece en ella, pero consigue mantener el ritmo con la lengua en el sexo de Bianca. Los movimientos de la pelvis de esta y sus gritos le indican que está cerca del orgasmo. Finalmente, Bianca llega al clímax y Milena, encantada de haber hecho gozar a su compañera con la lengua ahora cubierta de líquido, estalla a su vez de intenso placer.

Bianca besa a Milena con ternura.

—Cariño, tengo que ocuparme de la fiesta, pero nos vemos más tarde, ¿de acuerdo?

Milena asiente con un largo beso y la pareja se desvanece cimbrando entre la muchedumbre. De repente, una voz capta la atención de la joven: una voz que conoce y que recita un *slam* por encima de la música.

«¿No es esa la voz de Eric?».

Como hipnotizada por esa voz, Milena se embarca en una búsqueda para descubrir de dónde proviene. Se da la vuelta entre la muchedumbre, percibe los cuerpos que se pegan contra el suyo y, durante un largo rato, se deja llevar por manos desconocidas que la rozan y acarician mientras ella también acaricia cuerpos con ropa de látex ajustada al ritmo casi alucinador de la música.

Finalmente, llega ante una pequeña tarima en la que se encuentra un hombre con un tocadiscos ante un micrófono. Se le acelera el corazón en cuanto reconoce a Eric y un deseo irresistible se apodera de ella. Se acerca a la tarima y cruza la mirada con la del DJ en medio de la actuación. Los ojos de Eric se dilatan al reconocerla y le sonríe mientras recita su texto y maneja el tocadiscos. A Milena le cautiva su mirada. Una joven le pone las manos en los pechos y se los masajea delicadamente mientras Milena se deja hacer, con la mirada clavada en Eric. Milena capta toda su atención: él sigue cada uno de los movimientos de la joven, que está encantada de excitarlo.

Eric termina la canción y desaparece tras el escenario. Perderlo de vista desilusiona a Milena, pero luego ve que se le acerca. Él se pega a ella y bailan, entrelazados, al tiempo que los rozan y tocan deseosa y sensualmente varias manos desconocidas. El deseo de que Eric la posea embelesa a Milena y puede ver un fervor idéntico en el rostro de su acompañante.

El poeta la toma de la mano y la lleva tras la tarima, tras una cortina donde guardan el material.

Él acaricia el rostro de la joven con los labios y ella se deja llevar, excitada por esa boca amada. Las manos del poeta le recorren el cuerpo y le rodean los pechos a través del látex y ondas de placer crecen en ella. Él la besa metiéndole la lengua y ella le devuelve el beso con pasión.

—Milena —le murmura en el oído—, te deseo tanto…

—Y yo te tengo ganas, desde hace tiempo —le responde la joven.

Él la mira y la vuelve a besar, poniéndole las manos en el culo redondo. Milena le acaricia el pene endurecido a través del tejido. Él solo lleva pantalones vaqueros y una camisa de seda. Le desabrocha la cremallera y sostiene su terso miembro en la palma de la mano. Empieza a acariciarlo, sube y baja por él con los dedos y oye como Eric empieza a jadear. Él colma de besos el cuello de la joven y, al tiempo, le desabrocha la cremallera con la mano y la desliza delicadamente hacia su interior húmedo. Milena gime con el delicado roce de sus dedos que le exploran los labios y le recorren el clítoris, que tiene hinchado como un pequeño monte. La invaden oleadas de un placer extático de pies a cabeza.

El poeta se inclina y le quita los vaqueros y las bragas. A su vez, se quita los pantalones y levanta a Milena para sentarla en una gran torre de sonido. Clava la mirada en la de la joven, fascinada por el reflejo violáceo de sus ojos dilatados por el placer y la excitación. Toma el pene de Eric con la mano, se lo introduce despacio y gime al sentir su falo dentro de ella. Se desata un fuego en su interior que crece con cada movimiento de las caderas de Eric mientras él la penetra y amplifica la magnitud de las oleadas de deleite que la recorren. Se agarra al cuello del artista mientras gime y un placer irresistible la posee y la lleva a un orgasmo brutal que la sacude. Eric se corre a su vez y todo ese goce encanta a Milena. Los dos amantes se dejan caer al suelo.

Milena le acaricia el rostro al poeta.

—Había fantaseado con tener este momento contigo —le confiesa ella.

—¿Conmigo? —responde Eric, atónito—. Creía que alguien como yo no podría interesarte.

Milena se queda estupefacta.

—¡Al contrario! Siempre me ha fascinado lo que haces. Yo era la que pensaba que no ibas a fijarte en una pequeña química que siempre estaba con los libros de ciencias.

Eric la mira con un interés renovado.

—Pues bueno, parece que nos equivocamos mucho el uno con el otro. Creo que me acordaré de esta noche. ¡Y pensar que no estaba seguro de si iba a venir!

—Estoy más que contenta de haberte encontrado aquí —responde Milena mientras lo besa.

—¿Te gustaría acompañarme a mi apartamento? —pregunta Eric—. No está muy lejos de aquí. Será más cómodo que el hormigón y algo más íntimo. Quiero tenerte para mí solo.

—Me parece una idea estupenda —contesta Milena con una sonrisa—. Yo también quiero tenerte de manera exclusiva.

Eric sonríe.

Ambos vuelven a vestirse rápidamente y se apresuran a dirigirse al guardarropa y luego a la salida. Milena no tiene la impresión de estar dejando a Nadia o Bianca en la estacada. Está segura de que encontrarán lo que buscan y, además, estarán encantadas de verla con alguien que le guste de verdad.

Eric tenía razón: su apartamento está muy cerca. Es relativamente pequeño y está abarrotado de obras de arte, pero es cómodo. Él prepara un té, porque las drogas les dan sed, y los dos amantes se sientan en un sofá mullido.

Milena se da cuenta de que el efecto de la droga se ha disipado, pero sigue sintiendo una especie de euforia sutil, más anclada esta vez en la realidad y en la excitación de tener a Eric tan cerca. Constatar este hecho la excita todavía más.

La fascina el tono violáceo de los ojos del poeta. Lentamente, acerca los labios a la boca de Eric y lo besa. Sus lenguas se rozan con deleite mientras el artista levanta el látex despacio y aparta los pantalones para pasar las manos por debajo. El calor de las palmas de sus manos por la espalda y por el vientre y el delicado roce de sus dedos por sus pezones hacen que Milena arda de deseo. Levanta los brazos para que Eric pueda quitarle la prenda de látex. Inmediatamente, siente en los senos y el vientre los cálidos labios que la degustan mientras las manos del artista continúan su persistente trabajo desnudando a Milena, quitándole los zapatos y, luego, los pantalones, antes de terminar por quitarle las bragas. Se encuentra entre los brazos de Eric, envuelta en sus caricias y embriagada por su olor. Ella lo estrecha y le clava los dientes en el cuello, mordisqueándolo antes de lamerlo. A su vez, ella le quita la camisa, explora su gran pecho y sus fuertes brazos con los labios, le quita el pantalón y deja al descubierto sus musculosas piernas. Eric suspira de placer.

Milena nota cómo una ola de calor crece en su vientre y se propaga por todo su cuerpo. Toma el falo palpitante de su amante con la mano, desliza los dedos por su tersa piel y esboza el contorno del glande mientras él suspira de nuevo. Ella se inclina para lamer la carnosa columna, se la mete en la boca y sube y baja por el miembro, cerrando los labios alrededor del glande. Eric gime de éxtasis, pero Milena anhela demasiado tenerlo dentro de ella. Cubre el torso del hombre de besos mientras continúa acariciándole el pene. Él le agarra el culo con sus grandes manos y, luego, le rodea los muslos. Explorando con los dedos encuentra su sexo, dibuja el contorno de sus labios y le dedica al clítoris sus cuidadosas atenciones.

La joven no puede contener los gritos y muerde la piel de Eric mientras le araña la espalda. Con delicadeza, él la sienta sobre él y le introduce el pene mientras ella vuelve a gritar. Su miembro la penetra, se retira ligeramente y vuelve con un movimiento de vaivén que la tortura placenteramente. Ella se agarra a su amante, lo aprieta con los dedos con más y más fuerza a medida que crece en ella la ola del orgasmo que termina por llegar y se corre. Eric reanuda su movimiento y un nuevo orgasmo la sacude y luego otro, hasta que, al final, él mismo alcanza el clímax con un grito y los ojos violáceos llenos de luz.

Milena deja que descanse un momento mientras le da besitos por todo el rostro. Luego, vuelve a besar el torso del poeta, lo que le excita. Ella baja la mano para agarrarle el pene y lo desliza entre sus dedos, lo que hace que vuelva a ponerse firme. Eric posa la boca sobre sus senos, lame un pezón y ella suspira excitada al tiempo que en su vientre renace la misma ola de calor de antes.

Milena acaricia a su amante y degusta su ágil cuerpo a base de besos. Primero, Eric se deja hacer y, a continuación, se coloca detrás de ella, desliza las manos bajo su vientre y, luego, bajo los muslos y le acaricia el sexo mientras ella gime de placer. Él la penetra por detrás y Milena vuelve a recibir el miembro duro y erguido, que la embiste. El falo vuelve a poner en marcha una ola de calor potente que la irradia y la envuelve completamente y la lleva al orgasmo. Estalla llegando al clímax al mismo tiempo que su amante.

Por un momento, Milena se abandona a la ternura de los brazos de Eric, pero todavía tiene más ganas de él, de que vibre dentro de ella y que le prenda fuego a su cuerpo con sensaciones extáticas. Le acaricia el pene con los dedos y luego lo lame prestando atención al glande. El miembro vuelve a erguirse en su boca, se pone firme de nuevo y ella saborea esa columna satinada. Eric suspira bajo su lengua, pero Milena quiere más del apuesto varón. Se sienta encima de él y, con delicadeza, lo guía dentro de ella, suspirando de placer cuando el falo vuelve a llenarla de nuevo. Mueve las caderas al ritmo de la penetración del miembro y la frecuencia de las olas voluptuosas que la recorren, una y otra vez, son más y más fuertes. Las sensaciones en su vagina crecen y se multiplican y se vuelven casi insoportables. Con la cabeza inclinada hacia atrás y las manos de

Eric adheridas a sus senos, se deja llevar por un deleite que la embriaga y le provoca un goce sin igual, que la deja jadeando en los brazos de su apuesto amante.

Milena piensa que por una noche así que hace que casi toque el infinito vale la pena haberse pasado meses trabajando en solitario. Además, ha encontrado en Eric una fuente de placer y alegría que vale más que todas sus creaciones artificiales. El futuro está lleno de promesas.

Colores ardientes

En su estudio, Aliana observa los resultados de sus pruebas. Los colores del lienzo refulgen. Está especialmente contenta con cómo ha plasmado los tonos ocres. La luz diáfana del vespertino sol de Florencia ilumina la estancia. En las paredes encaladas se agolpan marcos, lienzos enrollados, pinceles, paletas y cuadros, algunos acabados y otros casi sin empezar.

En una mesita están los botes de pintura: el azul, el esmeralda, el turquesa, el carmín, el granate y el amarillo parecen vibrar en el aire. Aliana está haciendo las pinturas que desea emplear en su próxima obra, un retrato de un ilustre banquero de la corte. Escoge el pigmento deseado con una espátula pequeña y lo mezcla con aceite de lino y trementina para obtener la pintura que usará.

Pero le falta algo que solo tiene su proveedor favorito, Francesco, el mercader de colores. Su tienda está situada cerca de la *piazza* principal. Es el único con derecho a poseer y vender un pigmento nuevo y escaso, el azul ultramarino, pues viene del otro lado del mar gracias a la Ruta de la Seda. Este llamativo azul intenso cuesta una fortuna, pero el futuro propietario del cuadro ya ha aprobado y pagado la compra. Después de todo, este retrato servirá para indicar a sus posibles clientes su rango y su fortuna, dos cualidades que todo banquero necesita.

A Aliana le encanta ir a la tienda de Francesco, pues él demuestra un cálido afecto y un apoyo inquebrantable por su talento. No es muy común que una mujer sea pintora en Florencia en el año 1590. Sus extraordinarias habilidades le permitieron a Aliana llegar a la corte, pero sin el apoyo de fervientes seguidores como Francesco se habría quedado en su pueblo, al otro lado de las murallas de la ciudad. Además Francesco machaca los pigmentos a la perfección y le ahorra el trabajo a ella. No le ofrece este servicio a todo el mundo…

Antes de salir, Aliana se mira en el espejo. Su vestido de lana fina es sencillo pero elegante, de color verde pálido. Debajo lleva una blusa blanca. Aliana no es lo que se dice guapa, pero brilla. Su cabello rubio veneciano enmarca un rostro ovalado de ojos marrones y chispeantes, nariz larga y delgada, boca grande y labios carnosos. Aliana ilumina todos los lugares a los que va con su sonrisa. Tiene las curvas justas y se mueve con una gracia y un brío cautivadores. Agarra una cestita que guarda cerca de la puerta y sale a la calle en este luminosa día de mayo. Se mezcla con los afanosos transeúntes que se dirigen al mercado que hay en un rincón de la *piazza* que lleva al puesto del mercader de colores.

Los viandantes que la reconocen la saludan con cariño y Aliana les devuelve el saludo con alegría.

Alrededor de la fuente que hay en la entrada de la *piazza* se ha formado un corrillo del que emerge una voz angelical en forma de balada. Aliana, atraída por la voz, se acerca a la multitud. Un grupo de ministriles, cerca del cual hay unos juglares y malabaristas de una compañía itinerante, deleita al público con su interpretación. Sin embargo es el cantante quien llama la atención de la joven pintora. Le saca unos años; tendrá casi treinta. Vestido con un jubón de terciopelo carmesí y pantalones holgados, canta la balada con la emoción y la teatralidad requeridas, lo que emociona a la gente allí congregada.

Cuando acaba de cantar, la multitud expresa enérgicamente su aprobación y el cesto que pasa uno de los saltimbanquis se llena de monedas. La mirada del cantante se encuentra con la de la joven y, por un momento, ambos se quedan petrificados, presos de una emoción común que los perturba. A Aliana le suben los calores.

Se vuelve rápidamente y se dirige a grandes zancadas al puesto de Francesco, pero sigue recordando el rostro del apuesto trovador. Sí, le ha parecido apuesto: con sus rizos castaños y rostro cuadrado suavizado por unos ojos grandes y verdes. Y su cálida voz… Aliana se estremece. Dejaría que ese hombre la llevara en volandas, pero estos apuestos cantantes están hechos del humo que el viento aleja de los tejados. Aparecen y se desvanecen más rápido que un sueño.

Para cuando Aliana llega al puesto ya ha recobrado la compostura. El maestro de los colores la saluda con su entusiasmo habitual y le reprocha amablemente que no lo visite con la suficiente asiduidad. Le pregunta por su salud y por sus nuevos proyectos y Aliana saca un rollito de pergamino de su manga y lo desenrolla. Le enseña el esbozo del retrato que pretende pintar en grafito a Francesco y este, conmovido por su interés, está encantado con que Aliana le haya pedido su opinión y con el bello boceto. La felicita y hablan largo y tendido. Francesco le comenta qué colores podría usar, sus ventajas y defectos y Aliana le pide que le cuente en detalle cómo se preparan.

A continuación Francesco machaca cuidadosamente los pigmentos elegidos, los envuelve en pequeños conos de papel encerado, los sella y los etiqueta. Feliz tras esta última hora en el puesto de los mil colores y contenta con sus compras, Aliana pasea por la *piazza*, atenta como siempre a los movimientos de los floristas, jardineros, panaderos, carniceros, herbolarios, clientes, espectadores y músicos callejeros que trajinan por aquí a esta hora. Se lleva un chasco al ver que el grupo al que miraba antes ha abandonado la fuente.

Sin embargo, al tomar una callejuela en dirección a su calle se encuentra cara a cara con el apuesto juglar.

Los dos se quedan atónitos un instante, sin saber cómo reaccionar. Al fin el juglar toma la iniciativa y se inclina galantemente.

—Buenos días, bella dama. Me llamo Marco y soy trovador de profesión, como habéis podido comprobar —dice.

Su tono amable combinado con su melodiosa voz complace a Aliana. Mayo vuelve a Florencia más hermosa, los mecenas la descubren y Aliana acaba de mantener una charla de lo más estimulante con el maestro de los colores. Tiene ganas de vivir, de reír y, tal vez, piensa, de que la conquisten.

—Aliana. Soy pintora —dice con una sonrisa.

—¡Pintora! —exclama, sorprendido y encantado al mismo tiempo—. ¡Qué placer conocer a una artista! Nuestra compañía de juglares y malabaristas está de paso por Florencia. Acabamos de llegar de Siena.

—Podría enseñaros la ciudad —propone Aliana, sorprendida con su osadía.

—Eso me encantaría —responde el juglar, que parece en la gloria.

Aliana guía a Marco por las callejuelas de Florencia y le enseña los puestos, los estudios de artistas de renombre y los magníficos jardines apartados del tráfico. Por el camino Marco le ofrece su brazo y, durante el paseo, Aliana le tiende la mano sin pensar. Su sonrisa deslumbra al juglar.

En las afueras de Florencia, Aliana lleva a Marco a una villa abandonada que antaño fue propiedad de unos aristócratas adinerados. El hermoso jardín está poblado de flores y es obvio que lo siguen cuidando con regularidad.

—Os presento mi jardín secreto —dice Aliana haciendo un gesto amplio con el brazo—. Vengo casi todos los días a reflexionar y dibujar y, de vez en cuando, encuentro la inspiración para pintar retratos.

Ella y Marco se sientan en un banquito de piedra. Aliana apoya la cabeza en el hombro de Marco con ternura y lo toma de la mano. Se la acaricia sin darse cuenta y le recorre el brazo. Marco le besa con dulzura los cabellos cobrizos que despiden destellos llameantes. Despacio, Aliana levanta la cabeza y mira a Marco, que se inclina sobre ella. Le aprieta el brazo mientras se fija en sus brillantes ojos marrones. Los labios de los dos jóvenes se juntan, se rozan y se funden en un beso que al principio es tierno y se va volviendo cada vez más apasionado. Aliana lo ase de la cintura. Marco le acaricia la melena, besa su rostro opalino, la agarra de las caderas y le acaricia las piernas por encima de la tela. Aliana le da otro beso; quiere saborear esos labios sonrientes una y otra vez. A continuación le saca la camisa de los pantalones, mete las manos por debajo de la tela y al tocar su piel de seda su deseo se vuelve más acuciante. Entierra la cara en el cuello del joven y le desata el jubón con el que cubre su camisa.

Marco se ríe en voz baja y ayuda a Aliana a desatar los cordones. Le quita la prenda al fin y se deshace de su camisa. Le acaricia el pecho con ambas manos y acto seguido lo recorre con los labios sin dejarse ni un centímetro de su torso por explorar. Marco se estremece. Acuna el rostro de Aliana y la mira con una mezcla de admiración y deseo. La besa con fervor y hunde los dedos en su cabello ondulado. A continuación pasa la lengua por la nuca de la bella muchacha y saborea su cuello, sus hombros desnudos y la base del pecho. Aliana suspira sin contenerse y se entrega al éxtasis que se apodera de ella. Lo aferra de los muslos y Marco empieza a desatarle los cordones de la parte delantera. Descubre un pecho y luego el otro, los toma entre las manos y roza su contorno y, después, el de los pezones. Aliana pone la mano encima de la de Marco y la aprieta contra su pecho. El juglar la besa con fervor mientras le baja el vestido y las enaguas hasta las caderas. Le lame los senos y le chupa un pezón mientras Aliana grita de placer.

El miembro del juglar está erecto bajo el satén de sus pantalones y Aliana lo acaricia. Marco se levanta para que le quite la prenda, que tira a lo lejos. La joven le agarra el miembro hinchado y duro y mueve la mano arriba y abajo. Nota cómo le palpita. Marco también suspira. Roza el vientre de Aliana y le baja el vestido hasta los muslos. Recorre las torneadas piernas de la joven con la punta de los dedos. Aliana siente un intenso calor y se muere de ganas de que Marco la tome. El joven se inclina sobre el banco. Descubre el sexo de Aliana, besa sus muslos tersos, le separa los labios con la lengua y encuentra su clítoris, al que lame suavemente mientras la joven da grititos de placer. Pero Aliana no puede más. Le agarra el pene y se lo acaricia sin quitarle ojo a su amante. Se tumba en el banco. El joven se pone encima de ella y Aliana nota cómo la penetra hasta el fondo, una y otra vez, más rápido y con más intensidad. Se aferra a sus nalgas para seguirle el ritmo. Marco gime más y más. Aliana es presa de una marea violenta que la engulle, caliente, ardiente y que le hace gritar de placer. Marco también alcanza su liberación. Aliana lo abraza mientras él, sin aliento, se deja caer con cuidado encima de ella. Los dos amantes se besan de nuevo. Aliana acaricia el falo de Marco y le besa el cuello, el pecho y el abdomen. Le lame el pene erguido de nuevo, duro y terso al mismo tiempo. Marco suspira. Le envuelve el glande con los labios, se mete el miembro en la boca y sube y baja la cabeza. Marco gime. Pero Aliana ya tiene ganas de que vuelva a tomarla. No se cansa de sentir al juglar hundiéndose en su vientre. Se incorpora y se sienta encima de Marco. Con ternura la agarra de las nalgas y la penetra. Es todo fuego. Grita y gime al ritmo de las embestidas de Marco. El placer es casi insoportable. Besa febrilmente al juglar y, llevada por el éxtasis, llega al orgasmo. El juglar llega al suyo dentro de ella y se tumba en el banco. Se quedan así un buen rato, abrazados y en silencio.

—Marco —le susurra Aliana al oído—, prométeme que volveremos a vernos antes de que te vayas de Florencia.

Marco contempla su rostro angelical con fervor.

—No me imagino marchándome de Florencia ahora que te he conocido —dice.

Los dos amantes se visten y salen del jardín de la mano. Marco acompaña a la joven artista de regreso a su casa. Se lleva sus manos a los labios, las besa con ternura y le promete que le escribirá cuanto antes para fijar una fecha para su próximo encuentro.

Al día siguiente y al otro no hay noticias de Marco. Su ausencia inquieta profundamente a Aliana. Llevada por la alegría y la emoción del momento, se embarcó en la aventura sin pensar, pero ahora echa de menos a Marco más de lo que hubiera imaginado. El vacío le duele. Da vueltas por su casa, incapaz de pintar.

Por la noche, un paje de la corte le trae un mensaje. Es una invitación a una fiesta en honor a un santo patrón muy apreciado por los Médici. Aliana se había olvidado por completo de esta celebración anual que le permitirá conocer a muchos clientes.

—También estará el nuevo juglar que tanto impresiona al duque —se toma la molestia de comentar el paje, que parece compartir el entusiasmo del duque.

Sin embargo, la anécdota despierta un gran interés en Aliana.

—¿Forma parte de la compañía que tocaba antes de ayer en la *piazza*? —pregunta como quien no quiere la cosa.

—Por supuesto que no —contesta el paje—. Ayer se fueron a Cortona.

Aliana, destrozada por estas palabras, cierra la puerta y se echa a llorar. Marco ha roto su promesa y no se ha molestado en escribirle siquiera.

Se pasa media noche llorando y al día siguiente no tiene ganas de pintar ni de ir a ninguna fiesta. Al mediodía llaman a su puerta. Aliana, que lo ve todo negro, da un respingo. Abre y se encuentra cara a cara con el aprendiz de Francesco, que le sonríe y le da un paquete envuelto en una tela. Asimismo le entrega una nota de su maestro.

Aliana arranca a toda prisa el sello del pergamino, que contiene un mensaje breve y críptico: «Todo irá bien».

«Qué optimista», piensa Aliana. «Todo va muy mal».

Abre el paquete de tela y grita de la sorpresa. Envuelto a la perfección se halla un espléndido vestido de terciopelo escarlata con las mangas y el cuello bordados con finos encajes. Un regalo muy generoso de Francesco. Es como si le hubiera leído la mente y hubiera sabido que no tendría ganas de vestirse y mucho menos de buscar un vestido por toda Florencia y menos con tan poco tiempo, pues la fiesta tendrá lugar esta misma noche.

El gesto de Francesco la conmueve y la anima. Aliana comienza a prepararse y piensa en los afeites y las joyas que necesitará. Por la noche, vestida con una capa elegante a la par que discreta, se dirige a pie hasta el puesto de Francesco, que la ha llamado. El maestro de los colores extiende los brazos y la abraza con ternura.

—Qué bien que hayas venido —dice con una sonrisa que reconforta a la joven de inmediato.

Francesco ha encargado un palanquín que los lleva a las puertas del palacio del duque. Suntuosamente iluminado, el palacio hace gala de su esplendor con los invitados: obras de renombre, esculturas y candelabros profusamente ornamentados. No es la primera vez que Aliana está en palacio, pero le encanta verlo. Francesco se detiene delante de la puerta que conduce a una antesala. La abre y le hace un gesto a Aliana para que entre. Para su sorpresa, Marco se levanta de la butaca en la que estaba sentado. Lleva la librea de los que sirven en la corte de los Médici.

Como la primera vez que se vieron cara a cara, se quedan estupefactos y sin mediar palabra el uno frente al otro. Francesco esboza una sonrisita.

—Os dejo solos —dice y abandona la estancia. —Aliana —jadea Marco.

—Marco, pero, pero ¿cómo…?

Aliana no sabe qué decir.

—Aliana, no me atreví a marcharme de Florencia, a dejarte. Cuando mi compañía dijo que debíamos irnos a Cortona, busqué una solución. Alguien me habló de un tal Francesco, me dijo que tenía contactos en la corte y que tal vez podría ayudarme. Él es el motivo de que esté aquí. Ha sido él quien ha conseguido que me encuentre en esta situación. Quería avisarte, pero ha pasado todo tan deprisa… —dice Marco de corrido y sin detenerse apenas para tomar aire.

Aliana se acerca a él y posa las manos en sus brazos.

—Me prometiste que me escribirías —le reprocha—. ¡Lo he pasado muy mal!

Marco abraza a Aliana.

—Aliana —murmura el juglar—, lo siento. Es culpa mía. Prometí que te escribiría, pero es que… Bueno… digamos que no soy muy bueno con las palabras y esas cosas.

Se lo ve muy avergonzado.

—¿No sabes escribir? —inquiere Aliana.

—Bueno, digamos que algún miembro escribe por mí cuando lo necesito y como nos peleamos porque los iba a abandonar…

—Entiendo —dice Aliana en tono jocoso.

Marco parece abatido y a Aliana ya se le ha pasado el enfado. Le da un besito en los labios.

—Menos mal que mi querido Francesco estaba ojo avizor —dice.

—Mi salvador —dice Marco.

—Nuestro salvador —lo corrige Aliana.

Toma el rostro de Marco entre las manos y lo besa. Se siente tranquila y feliz en los brazos del juglar.

—Esta noche tengo que cantar para la corte —le informa Marco.

—¿En serio? —dice Aliana, que se siente con ánimos para burlarse de él.

—Sí, o sea que —balbucea— mañana el duque partirá a Siena y yo dispondré de mucho tiempo libre. Podríamos vernos, si quieres.

—Me encantaría —dice Aliana con una sonrisa—. Creo que hasta ya sabes dónde podríamos encontrarnos. Mañana por la tarde después de vísperas.

Los ojos de Aliana encierran múltiples promesas. La pareja se besa apasionadamente e instantes después el juglar va a cumplir con su deber.

Un deber que, a juzgar por los aplausos de los nobles y cortesanos que asisten a su actuación, cumple a las mil maravillas. Muchas damas de la corte enloquecen por el apuesto juglar, pero él solo tiene ojos para Aliana. Francesco mima de nuevo a Aliana y la presenta a unos mecenas con los que ya ha elogiado el talento de la joven.

Aliana regresa a casa exultante.

Al día siguiente al fin se siente preparada para ponerse con el retrato que le han encargado. Asimismo se dedica a desarrollar dos o tres ideas que se le ocurren a lo largo del día.

Por la tarde se dirige a la ciudad con un cesto. Marco la espera en el jardín ante una mesa y unas sillas que no estaban allí la última vez. Aliana corre hacia él. Sin decir una palabra, se besan y Marco la abraza.

—¿De dónde han salido todos estos muebles? —pregunta, curioso.

—Una idea que he tenido —contesta Aliana.

Saca de su cesta un mantel, una botella de vino, quesos, aceitunas y panes. Sin olvidar las velas.

Marco se echa a reír.

—¡Qué buena idea! He hecho bien trayendo el laúd.

—¿Vas a tocar y cantar para mí?

—Solo para ti —le asegura el juglar.

Marco besa con ternura la mano de Aliana. Ella por su parte se lleva la mano de Marco a los labios, se mete su dedo corazón en la boca y lo chupa con fervor sin dejar de mirar al joven. Luego le lame la palma de la mano, le sube la manga de la camisa y le pasa la lengua por el antebrazo. Marco la besa mientras le acaricia el trasero por encima del vestido. Aliana siente un vivo deseo por Marco, por su falo, por sus embestidas y por el placer que le da. Se arrodilla y le desata el cordón de los pantalones. Se le marca el pene. Aliana lo acaricia por encima de la tela y lo libera. Sostiene el miembro duro y palpitante con las manos y lo acaricia suavemente con las yemas de los dedos. Lo lame de abajo arriba y, al llegar al glande, lo recorre con la lengua. Entonces se lo mete entero en la boca y al sacarlo hace especial hincapié en el glande. Marco gime. Él también desea a Aliana, sus pechos firmes y puntiagudos, su piel casi traslúcida, sus suspiros de abandono y éxtasis que tan loco lo vuelven. Se despega de ella poco a poco y se tumba a su lado en la hierba fresca. Se quita el jubón, la camisa y los pantalones. Desnudo, besa a Aliana, que no le ha quitado los ojos de encima, excitada con los movimientos de su juglar.

Le desata los cordones del vestido uno por uno y, acto seguido, ayuda a Aliana a quitárselo y a despojarse de las enaguas. Marco le toma un pie a Aliana y lo besa para después recorrer sus piernas y sus muslos con los labios. Aliana suspira. Le lame el vientre y sube hasta sus pechos, que toma entre las manos. La mira fijamente a los ojos y la besa con pasión.

—Tómame. Tómame —le susurra Aliana con renovado fervor.

Marco se coloca encima de ella y le separa los labios con el pene. Penetra poco a poco su piel sedosa hasta hundirse en ella. Aliana pega un gritito y abre unos ojos como platos a causa del intenso placer.

El vaivén de Marco prende en ella una llama extática que crece cada vez más y a la que se abandona, entregada por entero al placer que le provoca el falo del juglar, cada vez más al fondo. Su placer aumenta y la catapulta a un orgasmo muy intenso que Marco reaviva con sus envites hasta que él mismo se deja llevar con un grito de goce.

La pareja descansa en la hierba. Aliana mira con cariño a su amante, que se entrega a ella sin medida. Lo acaricia, recorre su abdomen y le llena el pecho de besitos. Le mordisquea el cuello y siente que Marco vuelve a la vida y se inclina sobre ella. Le agarra el pene, que se vuelve duro en su mano, se agranda y se hincha de nuevo. El juglar le toca la vagina, le acaricia suavemente los labios y recorre su contorno. Entonces llega al clítoris y se pone a trazar círculos con la yema de los dedos. Aliana emite unos grititos que excitan a Marco. Este pasa de los labios al clítoris; va de un lado a otro en función de los gemidos de Aliana.

Ella acaricia el falo y muerde los hombros de su amante. Cuando su deseo es demasiado intenso vuelve a introducirse el miembro. Marco se coloca a su espalda y la toma por detrás. La penetra despacio. Oleadas más fuertes de un nuevo éxtasis recorren a Aliana. Grita y gime a la vez que Marco, cuyo placer también aumenta. Sus acometidas son más rápidas y fuertes. Aliana tiene la sensación de que con cada una se hunde más en ella. El placer la inunda y se la lleva lejos, lejos del jardín y de Florencia. El orgasmo la aleja de nuevo y, junto con el goce de Marco, la embelesa, la aturde y la llena de placer y de caricias.

Se quedan un rato abrazados. Les aguardan aún tantos momentos de placer y felicidad…